Reh

Rehab
Erzählung

Felix Bartholmes

Bibliografische Information der Deutschen Nationalbibliothek:
Die Deutsche Nationalbibliothek verzeichnet diese Publikation in der Deutschen Nationalbibliografie; detaillierte bibliografische Daten sind im Internet über dnb.dnb.de abrufbar.

© 2024 Felix Bartholmes
Verlag: BoD · Books on Demand GmbH, In de Tarpen 42,
22848 Norderstedt
Druck: Libri Plureos GmbH, Friedensallee 273, 22763 Hamburg

ISBN: 978-3-7693-0868-6

How much can we ever know about the love and pain in another heart? How much can we hope to understand those who have suffered deeper anguish, greater deprivation, and more crushing disappointments than we ourselves have known?
Orhan Pamuk

Teil 1

1.

Günthers Beerdigung fiel mitten in den dritten Lockdown, kurz vor Ostern, als es immer noch zu wenig Impfstoff für alle gab, und schon kaum einer mehr glaubte, dass wir jemals wieder ein normales Leben führen würden. Günther war auch noch nicht geimpft, als es ihn traf, dabei hätte er mit seiner Lunge eigentlich ganz vorne auf der Liste stehen müssen. Vermutlich hatte er sich aber auch nicht wirklich um eine Impfung bemüht. Bis zum Rand des Grabes vor durften nur seine Frau Saya, die einzige, die als Altenpflegerin schon geimpft war, ihre beiden Söhne - Badrag und Isko - und der Pastor. Und selbst die vier schafften es kaum, die eineinhalb Meter Abstand um das kleine Loch herum einzuhalten. Schon durch seine Leibesfülle, die sich unter den Falten der Soutane erahnen ließ, nahm der Pastor den meisten Platz am Grab ein. Aus seiner Rede ging hervor, dass er Günther im Leben nie begegnet war. Ich konnte mich auch nicht erinnern, Günther jemals von Religion oder Kirche reden gehört zu haben. Aber unter Günthers Trinkhallen-Stammgästen musste es jemanden geben, der dem Pastor von ihm erzählt hatte. Jedenfalls schaffte der Pastor es, Günther als eine Art guten Christenmenschen wider Willen darzustellen, der den Gebeugten und Geplagten seine Hand gereicht und ihren Elendsgeschichten immer geduldig gelauscht hatte. Saya stand dem Pastor gegenüber. Mit ihren kaum einen Meter sechzig schaute sie ihm die ganze Zeit auf den Bauch, der sich über das Grab wölbte. Zu ihrer Linken stand Isko, der auch eher klein war und durch die leicht gespreizten Beine noch kleiner wirkte. Die Hände hielt er vor dem Gemächt verschränkt. Es sah so aus, als müssten seine Muskeln jeden Moment den zu engen Anzug sprengen. Die langen schwarzen Haare trug er offen, in seinem glatten

Gesicht mit den hohen Wangenknochen regte sich kein Muskel. Er sah aus wie ein Indianerhäuptling, der sich in die unpraktischen Gewänder des weißen Mannes gezwängt hatte, um dem großen Häuptling in Washington seinen Tribut zu zollen. Zu Sayas Rechten beugte sich Badrag, der annähernd Günthers hünenhafte Statur geerbt hatte, zu den drei anderen herunter. Sein Anzug war im Gegensatz zu dem seines Bruders perfekt geschnitten. Mir war schon früher aufgefallen, dass er, seit er sein Geld als selbständiger Versicherungsmakler verdiente, viel Wert auf ein gepflegtes Äußeres legte. Ich glaubte, eine gewisse Missbilligung angesichts des ans Obszöne grenzenden Auftretens seines kleinen Bruders in seinem Gesicht zu lesen. Badrags Augen waren gerötet und verschwollen, und er war der einzige, der immer wieder schluchzte, während der Pastor seine Grabrede hielt. Seine kleine Tochter dagegen brabbelte auf dem Arm ihrer Mutter im Hintergrund vor sich hin, und entlockte damit manchen der Trauergäste ein Lächeln. Wie alle anderen musste sich auch Badrags junge Familie vom Grab fernhalten. Wir hatten uns weitläufig zwischen den Nachbargräbern verteilt und boten dem schneidenden Märzwind genug Platz, zwischen uns hindurchzufegen. Auf den Gräbern blühten Krokusse, Narzissen und Hyazinthen, aber an den Ulmen, die den Friedhof umrandeten, zeigte sich noch kein Grün. Einige der Trauergäste meinte ich schon einmal an den Stehtischen der Trinkhalle gesehen zu haben. Auf jeden Fall sah ich etliche vom Alkohol gezeichnete Gesichter, die man sich gut dort vorstellen konnte. Zwischen einem gewagt geschwungenen schwarzen Marmorstein mit Goldbuchstaben und einem Eichenkreuz entdeckte ich Eugen, Günthers ehemaligen Kollegen, der uns auf dem ersten Stück unserer Reise zu Kemal begleitet hatte. Wir nickten uns über die Gräber hinweg zu. Er war unrasiert, sah müde aus, die jugendlichen Züge, die mir damals so aufgefallen waren, waren aus seinem Gesicht verschwunden. Er trug einen ähnlich schlecht sitzenden Anzug wie Isko.

2.

Wie eng so ein Urnengrab ist, nichts für Klaustrophobiker. Und erst recht nichts für Günther. Der musste immer alle Fenster offen haben; und das Hemd auch. Und am glücklichsten habe ich ihn gesehen, als nichts um uns her war als weites Land und eine lange leere Straße. Andererseits: vielleicht war es ihm recht so, mit dem Verbrennen. Über die blau-weißen Schalke-Farben auf der Urne hätte er sich auf jeden Fall gefreut. Er hat auch nie viel Platz für sich beansprucht im Leben; so ein Aufhebens mit Sargträgern, das wäre ihm unangenehm gewesen. Wenn er noch gekonnt hätte, hätte er wahrscheinlich zu den Trägern gesagt: „Jungs, lasst mal, ich lauf selbst zum Grab", so wie er zu den Sanitätern sagte: „Lasst mal, ich laufe selbst die Treppe runter", als sie ihn schon wieder mitnehmen mussten, weil er keine Luft mehr bekam. Die haben gelacht, ihn auf dem Tragestuhl festgeschnallt, für den Günther immer noch viel zu groß erschien, auch wenn er nur noch die Hälfte von früher wog, und ihn Absatz für Absatz die Treppe hinunter manövriert. Ich habe gesehen, wie unangenehm ihm das war, diese Hilflosigkeit, und auch den Anflug von Ärger in seinen Augen über der Atemmaske, die sie ihm ins Gesicht geschnallt hatten, jedes Mal, wenn sie am Geländer hängen blieben. Kurz vorher hatte er noch als großzügiger Gastgeber aufgetrumpft. Wir hatten zu dritt auf seinem Balkon gesessen, Saya, er und ich, und Würfelspiele gespielt, und er hatte mich einen Obstschnaps nach dem anderen kosten lassen; die bekam er immer von seinem Bruder geschenkt, der für eine Brennerei arbeitete. Nach jeder neuen Sorte hatte er mich angesehen, seine schütteren Brauen hochgezogen und mich in Erwartung meines Urteils aufmunternd angelächelt, und ich hatte jedes Mal auf die billige Brücke geschaut, die seine oberen Schneidezähne seit dem Überfall ersetzte, und hatte wieder an das dicke warme Blut in seinen Haaren denken müssen, damals, als ich seinen geschundenen Kopf in meinen Händen hielt. Saya hatte unserer Verkostung zufrieden zugesehen und eine Runde nach der nächsten gewonnen, bis alle Münzen bei ihr lagen, und das, obwohl sie bei solchen Gelegenheiten zwar nichts trank, aber immer wieder ihre kleine Stummelpfeife mit zerstoßenem Haschisch stopfte, das sie in einem einzigen langen Zug verglühen ließ, um dann den Rauch angsteinflößend lange in der Lunge zu halten und ihn schließlich in kleinen Wölkchen abgehackt auszustoßen. Spätabends hatte Günther unbedingt noch eine Zigarre rauchen wollen, eine der kubanischen, die er von einer Fahrt nach Spanien mitgebracht hatte, und von denen er immer noch ein paar irgendwo versteckt hielt. Saya hatte protestiert, aber er war stur geblieben. Und am Ende hatten sie ihn wieder abholen müssen, vor meinen Augen. Das war das letzte Mal, dass ich ihn lebend sah.

3.

Sylvia hat sich immer nur von mir abgewandt und den Kopf geschüttelt, wenn ich mal wieder von Günther nach Hause kam, immer mit einer Fahne, immer mit Rauch, der in der Jacke hängen geblieben war. Nicht, dass das so oft vorkam. Ein, zweimal im Jahr, wenn überhaupt. „Und – mal wieder im Gelsenkirchener Barock geschwelgt?" - sowas in der Art sagte sie jedes Mal nach diesen Besuchen. Dabei hatte Günthers Wohnung wenig von der eichenlastigen Behäbigkeit, die sich in so vielen Arbeiterhaushalten im Ruhrgebiet fand; sie war - wahrscheinlich dank Saya - eher hell und nüchtern eingerichtet.
Mir war lange bewusst, dass es mit diesen Besuchen bald vorbei sein würde. Günthers einst mächtiger Körper wirkte wie von innen ausgehöhlt, die Haut spannte über seinem kahl gewordenen Schädel, die Augen waren eingesunken wie bei einem Lagerinsassen, nur dass sein Sibirien in ihm, in seiner Brust, in seiner von Steinstaub, Schweißfunken und Tabakrauch zerstörten Lunge lag. Er hat mir einmal ein Röntgenbild gezeigt und auf seine Weise wiedergegeben, was der Arzt ihm erklärt hatte: dass seine Lungenflügel nicht länger zwei Schwämmen

14

glichen, durch deren unzählige Gänge der Sauerstoff seinen Weg in den Körper fand, sondern eher zwei Luftballons, die verzweifelt versuchten, ihre Fläche durch immer weiteres Aufblasen zu vergrößern. Tatsächlich sahen die Lungenflügel auf dem Bild so aus, als drängten sie den Brustkorb auseinander, und die feinen Verästelungen, die mir ein Arzt gezeigt hatte, als ich verstehen wollte, warum sie mir damals an der Unfallstelle diesen Schlauch in den Brustkorb gerammt hatten, fehlten auf Günthers Bild fast völlig. Darum war das Zischen, mit dem das Sauerstoffgerät die Luft komprimierte, längst zu Günthers ständigem Begleiter geworden. Irgendwann brachten ihn selbst ein paar Schritte in der Wohnung an seine Grenzen. Trotzdem ging er weiter zum Rauchen auf den Balkon. „Da ist längst nichts mehr, was der Rauch noch kaputtmachen könnte", oder: „Lasst mich doch, was bleibt mir denn sonst noch?" Mit diesen Sätzen tat er jeden Versuch ab, ihn zum Aufhören zu bewegen. Und was sollte ich dazu sagen, wenn er so vor mir stand, und die kurzen Atemstöße in schneller Folge über seine blauen Lippen pfiffen? Er wusste noch viel besser als Saya und ich, dass er längst nicht mehr zu retten war. Deswegen war ihm Corona auch völlig egal. Wehe einer wagte es, ihm abzusagen, aus Angst ihn anzustecken. Er tat alles, um auch während der Pandemie weiter unter Menschen zu sein. Er freute sich, als die Kindertagesstätten zumachten, und sein Sohn Badrag keine andere Möglichkeit sah, als seine kleine Tochter jeden Morgen bei Saya und ihm abzugeben.

4.

Normalerweise, wenn Sylvia nach den Besuchen bei Günther stichelte, wich ich ihr aus. Aber nach diesem letzten Besuch – als ahnte ich es schon – ergriff ich noch einmal wie ganz früher seine Partei: „Günther hat immer zu mir gehalten, und jetzt, wo er todkrank ist, werde ich mich ganz sicher nicht von ihm abwenden", sagte ich ihr. Ich spürte, dass sie das verletzte, aber auch, wie sie schnell zum Gegenschlag ausholte:

„Soweit ich mich erinnern kann, hat er sich vor allem an dich gewandt, wenn er Geld brauchte." – „Das war genau einmal", sagte ich, „und er hat es alles zurückgezahlt."
Das Geld hatte er gebraucht, um die Trinkhalle in Buer zu übernehmen, als deren Inhaber er seine letzten Lebensjahre nach dem Überfall verbrachte. Dass ich es ihm leihen würde, war mir damals selbstverständlich erschienen. Immerhin hatte Günther mir einmal das Leben gerettet, und irgendwie fühlte ich mich auch immer noch mitschuldig, dass sie Günther bei dem Überfall so übel zugerichtet hatten, obwohl ich es wahrscheinlich gar nicht hätte verhindern können.
Als Günther mir damals das Leben rettete, hätte ich ihm eigentlich komplett egal sein können. Ich hatte ihn von mir gewiesen, wie alle anderen, denen ich damals im Krankenhaus begegnet war. Ich hielt mich fern, wenn er mit den anderen rauchen ging, und auch auf dem Dreibettzimmer, dass ich mir mit ihm und Kemal teilen musste, versuchte ich, den beiden aus dem Weg zu gehen. Ich verschanzte mich hinter meinem Rechner, und versuchte, den Kontakt zu meiner Arbeit, meinem früheren Leben, dem Leben vor dem Unfall, zu halten.
Direkt nach dem Unfall waren viele elektronische Genesungswünsche gekommen. Ein paar der Kollegen und Freunde hatten sich sogar die Mühe gemacht, echte Karten zu schreiben. Und von den CEOs Lennart und Lasse gab es gleich am Anfang Blumen, die natürlich nicht erlaubt waren, auf der Intensivstation. Sylvia musste sie mit nach Hause nehmen, wo sie sie auf den Esstisch stellte und fotografierte. Einen Abzug des Bildes hängte sie an die Wand vor meinem Bett, neben Fotos von Nina und ihr, und Bildern, die Nina für mich gemalt hatte, immer mit einer großen Sonne, die gefährliche Strahlen durch das ganze Bild sendete, und Vögeln, die aus zwei aneinander gereihten Halbkreisen bestanden. Durch den Morphinnebel in meinem Kopf hindurch konnte ich nur leer lächeln und „Schön" sagen.

5.

Als es hieß, ich hätte doch nur ein Bein gebrochen, kamen schnell die ersten Anfragen aus dem Büro, wann denn wieder mit mir zu rechnen sei. Als ich Lennart dann ein Foto schickte, von dem Fleischhaufen im Metallgestell, der einmal mein rechtes Bein gewesen war, war fürs Erste Ruhe. Um keine Missverständnisse aufkommen zu lassen, schickte ich auch noch eine Liste der weiteren Verletzungen, die keiner Operation bedurft hatten: Schädel-Hirn-Trauma ersten Grades, Rippenserienfraktur rechts, Hämato-Pneumothorax rechts, Lungenkontusion beidseits, Kniegelenksdistorsion links. Am liebsten hätte ich ihm auch noch die Bilder vom Unfallort selbst geschickt, von dem abgeflexten Dach des Audis, aus dem die Airbags herausquollen, von dem Motorblock, den sie von meinem Bein weghebeln mussten, und von dem absurden Stoffpuppen-Schlabberbein selbst, das von mir herunterhing; oder die von dem Schlauch, den sie mir zwischen den gebrochenen Rippen hindurch in die Brust rammten, damit ich nicht ersticke, wie sie mir dabei erklärten; aber ich dachte, wer weiß, vielleicht kann er kein Blut sehen. Ohnehin existierten diese Bilder nur in meinem Kopf – oder? Vielleicht hat tatsächlich jemand Fotos von meinem Unfall gemacht? Ich habe mich nie getraut, auf den einschlägigen Gaffer-Seiten nachzusehen. Irgendwann war klar: das Bein muss ab. Erst war ich sogar ein bisschen erleichtert, als ich es hörte. Sobald die Wirkung der Opiate nachließ, fing es immer an höllisch zu pochen in diesem Ballon, aus dem die Metallstangen des Fixateurs nach allen Richtungen herausstanden, die Vorstellung, man könnte diesen Schmerz einfach abhacken, hatte etwas Verlockendes. Die prall gespannte Haut war an vielen Stellen aufgeplatzt. Heraus floß eine leuchtend grüne Brühe, die erbärmlich stank. „Pseudomonaden", sagten sie mir bei der Visite, „da muss man noch nicht mal einen Abstrich machen, das sieht und riecht man." Sie ließen mir Antibiotikum um Antibiotikum in meine immer zerstocheneren Arme laufen. Ich sah aus wie der schlimmste Junkie. All die freundlichen Mitbewohner auf meiner Haut, in meinem Mund, in meinem Darm starben den C-Waffen-Tod. Ich bekam Ausschlag, weiße Pilzbeläge im Mund, Durchfall. Nur die Pseudomonaden in meinem Bein ließen sich nicht beeindrucken. Sie fraßen sich durch bis zum Knochen und weiter. Von Woche zu Woche, von Röntgenbild zu Röntgenbild ließen mich die Ärzte an der allmählichen Auflösung meines Beins teilhaben; sie zeigten mir, wie der weiße Knochen immer grauer wurde, und seine Ränder immer weiter ausfransten, wie immer weniger Masse die Röntgenstrahlen daran hinderte, die Fotoplatte unter meinem Bein zu schwärzen.

Sollte es doch weg, das Bein, dieser untreue Diener, der keiner meiner Aufforderungen mehr folgen wollte und mir nichts als Schmerzen bereitete.

Aber als sie dann kamen und mir das Flügelhemdchen brachten und mich fragten, ob ich mich selber rasieren wolle, da graute es mir doch und ich schüttelte nur stumm den Kopf. Ich bemühte mich noch nicht einmal um irgendeinen lockeren Spruch, sondern starrte nur auf den dichten schwarzen Schopf des Pflegers, der ganz gewissenhaft jedes Härchen rund um die herausragenden Metallpinne mit einem Einmal-Plastikrasierer köpfte.

Als sie mich in die OP-Vorzone schoben, musste ich mich ganz aufs Atmen konzentrieren, um nicht zu hyperventilieren. Als sie mich aufforderten, selbst auf die OP-Liege hinüber zu klettern, während einer von den Vermummten mein todgeweihtes Bein an seinem Metallgestänge in die Luft hielt, hätte ich ihnen am liebsten allen in ihre teilnahmslosen Maskengesichter geschlagen. Das war einfach nur ihr Job, mich hier endgültig für den Rest meines Lebens zum Krüppel zu machen. Nachher würde sie einer zur Mittagspause auslösen, und sie würden sich ihre Suppe vom Vortag warmmachen und Rezepte für ihre neuen Küchengeräte austauschen, und irgendwann würde ihre Schicht herum sein, und sie würden nach

Hause zu ihren Familien gehen und vergessen, was sie heute getan hatten, während ich dableiben musste, Tag und Nacht, in dieser Vorhölle.

Dann war es zu spät, plötzlich kamen sie von allen Seiten und befestigten irgendetwas an mir, und der Anästhesist stellte nochmal die gleichen Fragen, die sie mir schon den ganzen Morgen immer wieder gestellt hatten, ob ich denn auch wirklich nichts gegessen hätte – als wäre einem an einem solchen Tag danach -, ob ich irgendwelche Allergien hätte, was denn genau operiert werden solle, und sie schauten noch einmal nach, ob auch ja das Filzstiftkreuz auf dem richtigen Bein war, und da fielen sie mir wieder ein, diese Geschichten von verwechselten Beinen, und ich stellte es mir vor, wie ich aufwachte, und mein gesundes Bein wäre weg, und das stinkende Schlabberbein wäre immer noch da. Da ging es auch schon los, der Anästhesist drückte mir eine Maske, die roch wie eine frisch ausgepackte Barbiepuppe meiner Tochter, fest ins Gesicht, und alles drehte sich.

Als ich aufwachte, sah ich sofort nach: ja, es war weg, das richtige, das tote Bein. Jedenfalls wölbte sich die Decke rechts nicht mehr wie in den vergangenen Wochen über dem Fixateur, sondern lag flach auf dem Laken. Erst neben meinem linken Knie wölbte sie sich wieder. Ja, ich war ein bisschen theatralisch, als ich geschrieben habe: das Bein; eigentlich waren es nur zwei Drittel des Unterschenkels, die fehlten. Seltsam war nur: in meinem Kopf waren sie noch da, der Unterschenkel, der Fuß, die Zehen, ich konnte mit ihnen wackeln, und spürte ganz deutlich wie sie sich bewegten; nur am Fußende, unter der Decke, da tat sich nichts. Mir wurde schlecht. Der Aufwachraumpfleger kam mit einer Nierenschale aus Pappe, die sofort überschwappte, als mir der klare Magensaft aus dem Mund schoss. Ich schob sie, so weit es ging, von mir weg. Dann schlief ich wieder ein.

6.

Die ersten Tage gingen noch. Wenigstens hat uns der liebe Gott den Mohn und die Kokapflanze, und manchen Menschen die wissenschaftliche Neugier geschenkt. Sonst wäre vielleicht nie jemand auf die Idee gekommen, Schmerzen mit Opioiden und Lokalanästhetika zu bekämpfen. Mit Hilfe der Krankengymnasten konnte ich sogar aufstehen. Und mein Bein fühlte sich so unendlich viel leichter an, ohne das Metallgestell und ohne das ganze faule Fleisch. Ich war euphorisch, wollte gleich alles wissen über Prothesen und Rehaprogramme und Autoumbauten. Ich sah mich schon bei den Paralympics antreten.

Aber irgendwann, nach fünf, sechs Tagen, nachdem sie mir diesen wunderbaren Schmerzkatheter aus der Kniekehle gezogen hatten, kamen sie, die Phantomschmerzen, von denen ich immer wieder hatte reden hören, über die ich mich vorab bereits im Netz informiert hatte, und von denen ich so sehr gehofft hatte, dass ich zu dem doch beachtlichen Prozentsatz gehören würde, die nie welche entwickelten.

Ich lag nachts wach in einem Dreibettzimmer, neben mir ein Dementer mit gebrochener Hüfte, der immer wieder um Hilfe schrie, und ein schnarchendes Walross; und plötzlich waren sie da: als wären die Eisenstäbe des Fixateurs glutrot zurückgekehrt, bohrten sie sich durch den nicht mehr vorhandenen Knochen. Ich klingelte, ließ mir ein Schmerzmittel bringen, und dann noch mehr, aber es half nichts, ich wurde nur immer benebelter, aber die Schmerzen hörten nicht auf. Ich starrte stundenlang auf das Nichts unter der Decke, versuchte meinem Hirn irgendwie klar zu machen, dass doch nichts wehtun konnte, wo nichts war. Meinem Hirn war das egal, es ließ das Bein weiter im Fegefeuer brennen, bis sich die nicht mehr vorhandenen Zehennägel in der Hitze kräuselten.

Morgens ging es dann auf einmal wieder. Ich konnte sogar aufstehen, wenn auch noch etwas wackliger als sonst. Bei der Visite erzählte ich den Ärzten davon; die schickten mir

nochmal den Anästhesisten, und der ordnete Infusionen mit irgendeinem aus Lachsen gewonnenen Zeug an, und ich sollte Spiegeltherapie machen. Eine Ergotherapeutin erklärte mir, wie das ging und ich bekam einen Spiegel zum Üben zwischen die Beine, sodass es im Spiegel so aussah, als gebe es mein rechtes Bein noch. Nach der ersten Sitzung lief mir der Schweiß in Bächen; wenn ich die Augen schloss, tanzten herrenlose Füße durch mein Gesichtsfeld. Ob sich etwas an den Schmerzen änderte, konnte ich dagegen kaum sagen.
Mir graute vor der kommenden Nacht. Zurecht. Trotz oder gerade wegen der neuen Therapie – die Schmerzen wüteten erst recht, und der fehlende Fuß machte die seltsamsten Verrenkungen, setzte sich mal direkt an den Stumpf und wuchs dann wieder aus dem Bett heraus. Horrorshow. Und in den Betten neben mir immer noch „Hilfe, Hilfe!" von der einen Seite, und von der anderen Atemaussetzer, so lang, dass ich immer wieder dachte, ich muss da jetzt rüber und das Walross vor dem Ersticken retten. Erst Günther hat mich später gelehrt, dass man noch lauter schnarchen und noch längere Atemaussetzer als das Walross haben kann, und trotzdem am nächsten Morgen gut gelaunt früh aufstehen kann.

7.

So ging das Tage, Wochen. Es ging zwar immer ein bisschen besser, wie alle um mich herum nicht müde wurden zu betonen, aber in mir wurde es immer schwärzer.
Der Stumpf heile gut, sagten sie. Sie schickten mir den Mann vom Sanitätshaus, der nahm Maß für die Prothese, die vorläufige zunächst, die ich drei, vier Monate tragen sollte, bis der Stumpf seine endgültige Form angenommen hätte. Endgültige Form – als gäbe es so etwas… Was für ein Glück ich hätte, sagte mir der junge Orthopädietechniker, der mir die verschiedenen Prothesenformen mit und ohne Vakuum erklärte, was für ein Glück, dass es ein Arbeitsunfall gewesen sei; die

Berufsgenossenschaft, die sei viel großzügiger als die gesetzlichen Kassen. Ich konnte mich nicht mit ihm freuen.

8.

Schließlich durfte ich für ein paar Tage nach Hause, bevor die Reha losging. Sylvia holte mich ab. Ich hüpfte an meinen Krücken zur Beifahrertür, das klappte schon ganz gut. Bald würde die Interimsprothese kommen. Ich war völlig überwältigt von Bäumen und Straßen, Autos und Menschen, von der Aprilsonne, die das erste Grün hervorlockte; Franz Biberkopf, aus dem Gefängnis entlassen.

Auf den Stufen zu unserem Bungalow in Stiepel verlor ich das Gleichgewicht und Sylvia konnte mich gerade noch auffangen. Ich musste kurz mit den Tränen kämpfen. Das letzte Mal war ich aus dem Haus gekommen und diese Stufen hinabgeeilt, ohne ein Hindernis in ihnen zu sehen. Ich war spät dran gewesen für den Außentermin, hatte Nina noch geholfen ihr Sportzeug zusammenzusuchen, und hatte schon beim Rangieren aus der Garage angefangen die Verspätung aufzuholen. Da war es noch Januar, es war dunkel und nass gewesen, und die Büsche im Vorgarten noch kahl. Ich war dann nicht einfach zu spät gekommen, wie schon öfters mal - ich war nie angekommen.

Zwölf Wochen war das mittlerweile her. Die Azaleen blühten und dufteten, und es wurde Zeit, das Rasenstück vor dem Haus zu mähen. Nicht mehr mein Job, fürs Erste. Für mich war es schon Arbeit, überhaupt ins Haus zu kommen. Drinnen fiel mir sofort der Hocker auf, den Sylvia vorsorglich in die Diele gestellt haben musste. Sie hatte es sicher gut gemeint, und ich brauchte ihn tatsächlich, schon um mir die Jacke auszuziehen. Trotzdem hätte ich ihn am liebsten die Kellertreppe hinuntergeworfen.

Auf der unfallchirurgischen Station liefen, hoppelten, hinkten oder rollten sie alle ein bisschen wie ich, außer den Schwestern und Ärzten, natürlich, aber die waren eh nicht vom selben

Stern. Aber hier in meinem Haus, sollte ich mich da nicht frei bewegen können, wie immer? Immerhin, ich hörte mit einem Schlag auf, es albern zu finden, dass wir in einem Bungalow wohnten, wie alte Leute. Es war Sylvia gewesen, die das Haus unbedingt den Bekannten ihrer Eltern hatte abkaufen wollen, für eine Summe, die ich eher für einen mehrgeschossigen Palast veranschlagt hätte. Sylvias Eltern schossen großzügig zu den Kaufnebenkosten dazu, Summen von denen meine Eltern nie hatten träumen können, obwohl sie beide ihr ganzes Leben gearbeitet hatten, während Sylvias Mutter für Kinder, Haus und Garten sorgte, nachdem sie ihren ehemaligen Chef geheiratet und ihm drei Töchter geboren hatte. Sylvias Vater war ein sehr erfolgreicher Anwalt im Baurecht. Wir konnten uns sicher sein, dass das Geschäft mit dessen Bekannten für uns vorteilhaft sein würde. Ja, das Haus war gut in Schuss, das Parkett erst zwei Jahre alt, die Bäder modern, die Gasheizung neu, das war schon in Ordnung für mich, auf Renovieren hatte ich keine Lust. Sylvia ist Richterin am Bochumer Amtsgericht, auf Lebenszeit. Zusammen mit dem Gehalt, das ich bei der Beratungsfirma verdiente, waren die Raten für die Bank kein Problem gewesen. Aber jetzt? Ich sah es kommen, dass wir uns nochmal an Sylvias Eltern würden wenden müssen. Sie würden gerne helfen, aber ich war bisher froh gewesen, sie aus unseren Angelegenheiten so weit wie möglich heraushalten zu können. Auch wenn sie es nie aussprachen, hatte ich immer den Eindruck gehabt, dass sie in mir keine angemessene Partie für ihre älteste Tochter sahen, der einzigen, die nicht wie die beiden jüngeren ihren künstlerischen Neigungen gefolgt war, sondern ihr Jurastudium mit Auszeichnung bestanden hatte, weshalb auch kein anderer als der Richterberuf für sie in Frage gekommen wäre. Das waren meine ersten Gedanken, als ich die Gumminoppen meiner Krücken auf das Eichenparkett aufsetzte, und mich durch das Wohnzimmer zum Sofa hinüberschwang.

Kaum saß ich, kam wieder eine der Attacken, die mich seit jener Nacht, kaum eine Woche nach der Amputation, in unvorhersehbaren Abständen überfielen. Mittlerweile dauerten sie nicht mehr so lange, oft nur ein paar Sekunden, aber die reichten, damit sich Schweiß und Tränen im Augenwinkel vermischten. Als Sylvia mit meinen Koffern hinterherkam, hatte ich mir das Gesicht schon am T-Shirt abgewischt. Trotzdem sah ich, wie sie über meinen Anblick erschrak. Sie stellte die Koffer in der Mitte des Wohnzimmers ab, kam zu mir herüber, und legte den Arm um mich, wie sie es bei Nina tat, wenn Nina weinte, zum Beispiel weil sie ausnahmsweise keine Eins nach Hause gebracht hatte. Ich konnte mich nicht erinnern, dass es jemals eine Situation gegeben hatte, in der Sylvia *mich* hatte trösten müssen. Es fühlte sich fremd an, den Kopf auf ihrer Schulter abzulegen. Ich richtete mich wieder auf. „Komm", sagte ich, „ich will gar nicht erst anfangen zu jammern, lass uns was essen." Und ich hüpfte hinüber zur Kücheninsel. „Lass mal, ich mach uns was", sagte Sylvia. Aber ich blieb stur. Auf einen Barhocker gestützt bereitete ich einen Salat mit Roter Bete, Walnüssen, Honig und Schafskäse zu und dekantierte einen Bordeaux, während ich Sylvia nötigte, von ihrer Arbeit zu erzählen. Alle paar Minuten kam eine kleine Attacke, aber ich versuchte, mir nichts anmerken zu lassen.
Nach so vielen Wochen Krankenhausfraß war mein Gaumen von dem plötzlichen Reichtum an Aromen überfordert. Ich verschluckte mich gleich beim ersten Nippen an meinem Rotwein, und konnte nur mit Mühe verhindern, das gute Zeug einmal über den ganzen Tisch zu prusten. Ärgerlich schüttete ich darauf das ganze Glas in mich hinein und goss mir sofort nach. Sylvia beobachtete mich besorgt. „Denk dran, du bist nichts mehr gewöhnt", sagte sie. Sie hatte natürlich Recht, aber ich trank stur weiter. Nach dem zweiten Glas schaffte ich es nur noch auf Sylvia gestützt ins Bett. Bald kamen die Attacken wieder, aber der Alkohol half, dem Feuerwerk, das in der Leere unterhalb des Stumpfs abbrannte, mit einer gewissen

amüsierten Distanz zu folgen. Mittlerweile fühlte es sich meistens so an, als sei mein Geisterfuß direkt am Stumpf angewachsen.

Sylvia versuchte, sich mir im Bett zu nähern, aber ich wandte mich ab und wickelte mich in meine Bettdecke. Lange hielt ich es nicht aus in dieser Position. Schon das Gewicht der Bettdecke war zu viel auf dem Stumpf. Erst als ich ihn aus dem Bett hängen ließ, konnte ich eine Zeit lang schlafen. Als ich aufwachte, noch mitten in der Nacht, war mir, als zöge eine Ameisenstraße in Schleifen um den Stumpf. Ich betrachtete im Dunkeln die Narbe.. „Sieht doch toll aus", hatte mir der Chefarzt der Chirurgie gesagt, „sehen Sie nur, wie gut es heilt."
Von mir aus, es war zumindest nicht mehr so eklig, es stank nichts mehr, aber dass das da unten zu mir gehören sollte, dieses wabbelige Kissen aus nutzlos gewordenem Muskel, in das sie den abgesägten Knochen eingebettet hatten, konnte ich trotzdem nicht glauben.

Von Querschnittsgelähmten hatte ich gehört, dass es bei ihnen eine Art Hierarchie gebe, je nachdem, auf welcher Höhe das Rückenmark durchtrennt worden war, und was ihnen damit an Restkontrolle über ihren Körper blieb. Unter den Amputierten, die ich mittlerweile kennengelernt hatte, konnte ich eine solche Hierarchie nicht erkennen; ob es sich nur um einen halben Finger handelte oder ob der Oberschenkel knapp unter dem Hüftgelenk amputiert worden war, berichteten alle das Gleiche: die Trauer um den Verlust des Sich-Ganz-Fühlens, die Scham gegenüber den unversehrten Mitmenschen, die quälenden Phantomsensationen, das Bohren, Stechen, Kribbeln, Brennen, Jucken und Pulsieren in den verletzten Nerven, …

9.

Je angenehmer Sylvia es mir in den folgenden Tagen machen wollte, desto mürrischer wurde ich. Ich rührte das Englische Frühstück, das sie mir am nächsten Morgen zubereitete, nicht an, sah nur mit wachsendem Widerwillen Nina zu, wie sie sich Würstchen um Würstchen in den Mund schob. Dabei hatte sie schon bei den Großeltern gefrühstückt, bevor die sie zu uns zurückgebracht hatten. Sylvia schlug vor, einen Ausflug in den Tierpark zu machen. Nina freute sich. Ich sagte, sie müssten das ohne mich machen. Nina fing an zu betteln, merkte aber schnell, dass ich es ernst meinte. Ihre verstohlenen Blicke auf meinen Stumpf ärgerten mich; ich brachte es kaum fertig, sie zu umarmen, nach so langer Zeit.

Ich war froh, als das Wochenende endlich vorbei war, Nina zur Schule musste, und Sylvia zur Arbeit. Ich blieb allein mit den beiden Katzen. Sie waren gerade die einzigen Wesen, die ich um mich ertragen konnte – vorausgesetzt sie streiften nicht ahnungslos an meinem Stumpf entlang. Dann schrie ich auf und scheuchte sie weg. Das Sofa, auf dem ich früher so gut wie nie gesessen hatte, wurde zu meinem Stammplatz, und der Fernseher, den ich früher so gut wie nie eingeschaltet hatte, lief jetzt fast immer. Solange Nina in die Betreuung ging, hatte ich bis kurz nach vier meine Ruhe. Und wenn sie kam, war sie erschöpft, und verschwand bald in ihrem Zimmer. Oft klingelte es kurze Zeit später, und ihre Freundin Viola holte sie zum Spielen ab. Ich war dankbar dafür, denn ich fühlte mich unfähig, mich mit Nina zu beschäftigen.

Am Donnerstag aber kam Nina direkt nach der Schule nach Hause. Sie wolle sich noch ausruhen vor dem Reiten, sagte sie. Das regte mich auf; ich fand, sie hätte sich auch eine ruhige Ecke in der Betreuung suchen oder wenigstens noch dort essen können. So aber sah ich mich genötigt, ihr Mittagessen zu machen. Ich fand eine Dose Bohnensuppe im Vorratsschrank und wärmte sie auf. Nina strich mit dem Löffel an den Bohnen auf dem Teller entlang und fischte die winzigen Fleisch- und Paprikastückchen heraus. Ich verlor die Geduld, sie weinte und stand auf, ich rief ihr hinterher, sie solle gefälligst ihren Teller abräumen, sie knallte die Tür zu ihrem Zimmer zu, ich schleppte mich zurück zum Sofa. Im Fernsehen liefen schon

wieder die gleichen Nachrichten: der eskalierende Konflikt in der Ukraine, die von Boko Haram entführten Mädchen in Nigeria, Bomben im Irak, Drogenkrieg in Mexiko, Bouteflika als Präsident in Algerien zum tausendsten Mal wiedergewählt. Mir war schlecht, und ich wünschte mich an einen Ort weit weg, wo mich alle in Ruhe ließen.
Sylvia kam früher nach Hause als sonst. Ich erwiderte ihre Begrüßung, ohne vom Fernseher aufzusehen. Ich spürte ihre Blicke auf mir, während sie wortlos den Teller mit den angetrockneten Bohnen wegräumte. Notgedrungen musste ich verfolgen, wie sie Nina beim Packen ihrer Reitsachen beaufsichtigte. Die offene Architektur unseres Bungalows war mir mit einem Mal zuwider, ich wollte Wände, einen abschließbaren, schalldichten Raum, in den ich mich zurückziehen konnte.
Am Freitag rief mein alter Schulfreund Michael an, genau zu der Zeit, zu der wir uns vor dem Unfall immer zum Radfahren verabredet hatten. Es war wahrscheinlich keine Absicht, es war einfach die Zeit, wenn er von der Arbeit kam. Ich hätte mich freuen sollen, dass er an mich denkt. Stattdessen antwortete ich ihm nur mürrisch und einsilbig, und als er mich fragte, ob wir lieber wann anders telefonieren sollten, sagte ich ja und legte auf. Das war unser letztes Gespräch.
Am Samstag kamen unsere Nachbarn zu Besuch, mit ihrer Tocher Viola und deren älteren Bruder Jannis. Wir saßen draußen im Garten in der Frühlingssonne, das Sonnenlicht blendete mich, die unbeholfene Art, in der Sylvia Steaks grillte, regte mich auf, das Geschrei der Kinder auf dem Trampolin ertrug ich kaum. Und dann die Blicke: das Mitgefühl in den Augen der Erwachsenen, die Neugier in den Augen der Kinder, alles war mir unangenehm. Sylvia zuliebe riss ich mich zusammen, bis sie das Essen abgeräumt hatte. Ich beobachtete den Grünspecht, der es trotz des Kinderlärms auf dem Trampolin gewagt hatte, im hinteren Teil des Gartens nach Nahrung zu suchen. Ich behielt auch die Katzen im Blick, die das Treiben auf der Terrasse in sicherem Abstand von der Mauer

aus beobachteten. Sie schienen den Specht nicht bemerkt zu haben, aber sicher konnte man sich nie sein, dass nicht eine von beiden plötzlich losschoss, um den Vogel zu erlegen. Als der Specht fortgeflogen war, verabschiedete ich mich und legte mich ins Bett. Mittlerweile konnte ich kaum noch erwarten, dass es Montag würde, und ich zurück in die Klinik musste.

10.

Mir kam es vor, als seien wir alle drei erleichtert, sogar Nina, als das Taxi vorfuhr, das mich zur Reha bringen sollte. Sylvia hatte einen wichtigen Verhandlungstermin und konnte mich nicht selber fahren. Es war immer noch schwierig sich zu umarmen, ohne das Gleichgewicht zu verlieren. Ich streichelte Nina über den Kopf und bat sie, gut auf ihre Mama aufzupassen. Sie sah mich mit großen Augen an und sagte gar nichts. Sylvia und ich küssten uns flüchtig auf den Mund. Wir hatten verabredet, dass sie mich am kommenden Wochenende gemeinsam besuchen würden.

Der Taxifahrer sprach nur wenig Deutsch, aber wenn ich ihn richtig verstand, hatte er einen Bruder, der in Syrien ein Bein verloren hatte. Viel Schmerzen, auf jeden Fall. Ich nickte verständnisvoll und dachte gleichzeitig: ja, ja, es gibt immer welche, denen es noch schlechter geht, aber das macht nichts besser, also lass mich mit deinen Geschichten in Ruhe!

Auf der Reha-Station teilte ich das Zimmer mit einem Elektriker, den ein Stromschlag von der Leiter gefegt hatte. Er zeigte mir die beiden Brandnarben an der Hand und am Fuß, wo der Strom durch ihn hindurchgegangen war. Sein Hauptproblem waren aber die Wirbel, die er sich damals gebrochen hatte. Er quälte sich mit heftigen Rückenschmerzen, obwohl das Ganze schon zwei Jahre her war. Er ließ aber auch durchscheinen, dass ihm die Rente, die ihm die Berufsgenossenschaft zahlte, weil er nicht mehr so hart arbeiten konnte wie vor dem Unfall, zu gering erschien. Bei den Visiten spielte er immer den verzweifelt Leidenden, hinterher machte er sich über die Ärzte lustig. Ich ging ihm, so gut es ging, aus dem Weg, und bald ließ er mich in Ruhe.

Es ging nicht so voran wie gedacht in der Reha. Ich mühte mich mit den Anweisungen der Therapeuten ab, versuchte die Schmerzen zu ignorieren, schwitzte wie noch nie in meinem Leben, und das bei den leichtesten Übungen. Vor dem Unfall waren Tagestouren von hundertfünfzig Kilometern mit dem Rennrad kein Problem für mich gewesen, jetzt war ich am Ende, wenn ich zweimal eine halbe Etage am Treppengeländer entlanggehüpft war. Auch die Ärzte waren nicht zufrieden. Sie schrieben mir immer mehr Schmerzmittel auf, die alle nicht halfen. Stattdessen bekam ich Magenschmerzen, und mir war ständig schwindlig.

Am Freitag, einen Tag bevor Sylvia und Nina mich besuchen wollten, beorderte mich Dr. Altmann, der Oberarzt, der im Kontrast zu seinem Namen ein ziemliches Jungen-Gesicht hatte, ins Untersuchungszimmer und teilte mir nach etwas Geplänkel mit, dass das so mit der Reha keinen Zweck habe, dass sie ein Bett für mich auf der Schmerzstation organisieren wollten, damit man mich erst einmal vernünftig „einstellte", und dann könne ich ja zurückkommen. Ich konnte ihm nicht in die Augen sehen, so sehr schämte ich mich. Was war bloß los mit mir? Ich war doch einer, der sich immer anstrengte, der nie jammerte. Und doch: in den wenigen Tagen auf der Station hatte ich andere Amputierte gesehen, die deutlich besser als ich zurechtzukommen schienen. Ich war also nicht nur verstümmelt, sondern unter den Verstümmelten auch noch: ein schwieriger Fall.

11.

Sylvia und Nina besuchten mich. Die Sonne war schon so warm, dass sie vor dem Patientencafé die Sonnenschirme aufgespannt hatten. Nina freute sich über ihr Stück Himbeertorte, aber Sylvia und ich starrten in unsere Kaffeebecher und wussten nicht, wo wir anfangen sollten. Sylvia spürte, dass ich nicht nach meinen Therapiefortschritten gefragt werden wollte. Sie erzählte von einem Kollegen, den ich nur flüchtig kannte, dass der dabei sei, sich von seiner Frau zu trennen, und dass der sich anbahnende Rosenkrieg ständig Thema auf den Fluren des Gerichts sei. Ich konnte mein Desinteresse nicht verbergen. Als Nina mit ihrer Himbeertorte fertig war, wollte sie unbedingt meinen künstlichen Fuß sehen. Sie war enttäuscht, dass ich damit nicht cyborgmäßig mit den Zehen wackeln konnte. Ich erklärte ihr, dass das nur die vorläufige Prothese sei, dass ich bald eine viel coolere bekäme, wenn das Bein erst ganz verheilt sei. Ein kühler Wind kam auf, den Sylvia zum Anlass nahm, sich zu verabschieden. Erst da erzählte ich, dass ich die Reha abbrechen müsse und zunächst auf der Schmerzstation behandelt würde. Ich sah, wie Sylvia erst ihre Stirn runzelte, bevor sie ein mitleidiges Gesicht machte und mir über die Wange strich. „Du machst schon ganz schön was durch, Karl", sagte sie. Ich senkte den Blick. Ich konnte es kaum erwarten, wieder allein zu sein. Obwohl ich mir Mühe gab, das nicht zu zeigen, spürte ich doch die Unsicherheit sowohl in Sylvias Wangenkuss als auch in Ninas Umarmung. Ich winkte ihnen noch nach, bis sie im Parkhaus verschwunden waren. Ich spürte den Boden unter meinem verbliebenen Fuß wanken und musste mich an einem der Sonnenschirme festhalten, um nicht umzufallen.

12.

Die Schmerzärztin Frau Leiser wollte es alles noch einmal genau wissen, wie das war mit meinem Phantom, wann es sich -

und wie - das erste Mal gemeldet habe, was schon alles unternommen worden sei, um seiner Herr zu werden. Ich war überhaupt nicht bei der Sache, bat sie ständig, ihre Fragen zu wiederholen, sah aus dem großen Fenster hinaus in den Frühlingshimmel, und vergaß immer wieder mitten im Satz, was ich sagen wollte. Noch dazu klebte meine Zunge am Gaumen, obwohl ich mir sicher war, genug getrunken zu haben. Ich spürte, wie die Ärztin mich immer befremdeter über ihre randlose Brille hinweg anschaute. Erst allmählich verstand ich, dass das wohl mit dem neuen Medikament –Amitriptylin - zu tun hatte, dass sie mir tags zuvor noch auf der Rehastation angeordnet hatten. Ich erwähnte es, und da wurde sie plötzlich wieder freundlicher.

Später holte mich die Psychologin in ihr Zimmer. Es hatte kein Fenster, durch das man hätte hinausschauen können. Das machte es noch viel schwieriger, nicht die ganze Zeit die Psychologin anzustarren. Sie hieß Frau Kayser, mit y, und ich dachte, wie lustig Frau Leiser und Frau Kayser, die sollen's jetzt richten, die „schwierigen Fälle". Frau Kayser schien aus einer anderen, helleren Welt zu diesem Elendsort herabgestiegen zu sein. Statt wie alle anderen im weißen Kittel oder Kasack saß sie mir in einem dunklen geblümten Kleid gegenüber. Ihre Haare waren nicht, wie sonst im Krankenhaus üblich, kurz geschnitten oder hinter dem Kopf zusammengebunden, sondern fielen glatt auf ihre geraden Schultern, die frei von der unsichtbaren Last schienen, die so viele der im Krankenhaus Arbeitenden in eine leicht vornübergebeugte Haltung drückte. Sie sah mich an, wenn sie mich etwas fragte, und ich konnte kein Misstrauen in ihrem Blick erkennen, nur ein echtes Interesse an meinen Antworten. Ich fragte mich, ob sie diesen Blick in ihrer Ausbildung gelernt hatte, oder ob es sie in diesen Beruf gezogen hatte, weil sie sich wirklich für das interessierte, was Patienten ihr erzählten. Leider wollte sie Dinge wissen, von denen ich fand, dass sie hier niemanden etwas angingen. Was hatten denn meine Ehe, meine Tochter, meine

Eltern, mein Beruf mit meinen Schmerzen zu tun? Und dann fragte sie mich auch noch, ob ich jemals daran gedacht hätte, mir etwas anzutun. Hatte ich nicht, jedenfalls nicht ernsthaft, aber als sie so fragte, erschien mir die Vorstellung - einfach den Lichtschalter auszuknipsen - plötzlich unheimlich attraktiv. Das behielt ich aber lieber für mich.

Abends, als sie alle endlich fertig mit mir waren, der Stationspfleger, die Ärztin, die Psychologin, der Physiotherapeut, die Ergotherapeutin, da war die Idee vom Schlussmachen schon riesengroß in meinem Kopf. Sollten sie ihren ganzen therapeutischen Scheiß doch ohne mich machen. Ich trat hinaus auf den Balkon. Die Schmerzstation lag im fünften Stock. Ich sah hinunter. Unter mir lag eine Baustelle. Zwei Bagger hatten den gelben Lehm unter der Grasnarbe zum Vorschein gebracht. In den Fahrspuren stand trübes Regenwasser. Am Rand der Baugrube hatten sie Schotter abgeladen. Wenn ich nicht gerade darauf landete, würde der aufgeweichte Boden zumindest dafür sorgen, dass es beim Aufprall nicht allzu sehr spritzte. Die Sonne war schon untergegangen, aber ihr roter Widerschein hing noch über den Hausdächern auf der anderen Straßenseite. Am besten jetzt gleich, dachte ich, gar nicht erst lange darüber nachdenken; wenn sie erst einmal merkten, wie es in mir aussah, würden sie mich wahrscheinlich in die „Geschlossene" bringen und mich so mit Beruhigungsmitteln vollpumpen, dass ich zu gar nichts mehr in der Lage sein würde, oder am besten gleich lobotomieren, wie Jack Nicholson damals, in „Einer flog übers Kuckucksnest". Dann hätte ich auch noch jemanden finden müssen, der mir das Kissen ins Gesicht drückt. Fünfter Stock, das müsste doch wohl reichen, dachte ich. Am besten kopfüber. Ich stellte die Krücken neben mir ab und lehnte mich immer weiter über das Geländer, spürte wie mein Körperschwerpunkt mitwanderte – und schreckte dann doch zurück. Ich atmete viel zu schnell, mein Herz trommelte von innen gegen meine Rippen, und ich klammerte mich an das Geländer und starrte auf meine weiß gespannten Knöchel.

Langsam, Karl, langsam, dachte ich, so ein letzter Schritt, der will überlegt sein. Als ich mich wieder einigermaßen beruhigt hatte, hüpfte ich zu meinem Bett hinüber, streckte mich angezogen darauf aus und begann zu überlegen, was alles noch geklärt werden musste, bevor ich mich einigermaßen guten Gewissens aus dem Leben verabschieden konnte. Natürlich galt meine Hauptsorge Sylvia und Nina. Sylvia verdiente zwar mehr als ich, aber ob das reichen würde, um das Haus abzubezahlen? Ich war mir nicht sicher, was im Falle eines Selbstmords aus meiner Lebensversicherung würde. Natürlich waren da auch noch Sylvias Eltern im Hintergrund, aber denen wollte ich den Triumph nicht gönnen, einspringen zu müssen. Meine beiden neuen Zimmergenossen Kemal und Günther kamen aus dem Bewegungsbad zurück, die Haare noch feucht, und mit Handtüchern um den Hals. Kemal trug ein knappes T-Shirt über seinem durchtrainierten Oberkörper, der einen neidisch machen konnte; aber er lief dabei breitbeinig und unsicher wie ein Kind mit voller Windel. Das war wegen der Nerven an seinen Fußsohlen, wie ich bald erfuhr, die hatte der Dunst zerstört, den er als Lackierer zu viele Jahre ohne anständige Schutzausrüstung eingeatmet hatte. Jetzt zahlte ihm die Berufsgenossenschaft den Aufenthalt hier, damit etwas gegen das Brennen in seinen Füßen unternommen würde. Günther hatte seinen mächtigen Leib in einen Trainingsanzug aus Ballonseide gehüllt, wie ich ihn seit den Neunzigerjahren nicht mehr gesehen hatte. Damals war sein Haar noch voll und braun und er trug es halblang und nach hinten gegelt. Seine linke Hand hielt er leicht vom Körper abgespreizt. Sie ragte seltsam verkrümmt und bläulich verfärbt aus dem Ärmel heraus, und war offenbar der Grund, warum er auf der Schmerzstation gelandet war. Die beiden begrüßten mich freundlich. Ich dagegen tat, als hätten sie mich geweckt, und als ob ich weiterschlafen wolle. Dabei lag mir nichts ferner. Seit ich mich ausgestreckt hatte, arbeitete es wieder in meinem Stumpf, und

darunter, im Nichts, kroch es wie Kugelblitze auf der Bettdecke herum.
Wie schon in der Reha-Abteilung war ich umringt von Malochern, die es irgendwann einmal erwischt hatte. Günther, zum Beispiel, hatte versucht, eine herunterkippende Palette von der Ladefläche seines LKWs aufzufangen, und die Palette hatte ihm die Hand so eingequetscht, dass kaum ein Knochen heil blieb. In der Folge hatte sich auch noch ein sogenannter Morbus Sudeck entwickelt, ein Krankheitsbild, das mich an die „Verdorrte Hand" erinnerte, die Jesus laut dem Markus-Evangelium geheilt haben soll, und vor der ich mich schon als Kind im Kindergottesdienst gegruselt hatte. Andere waren von Gerüsten gestürzt, von Gabelstaplern angefahren worden, oder waren in Pressen, Sägen oder Messer geraten. Viele dieser Geschichten kamen mir bekannt vor. Es war die Sorte Schauergeschichten, die mein Vater am liebsten von der Arbeit erzählt hatte, weil meine Schwester und ich dann an seinen Lippen hingen. Damals, als er noch selbst zuhören und erzählen konnte. Dabei ist ihm selbst nie etwas passiert in 43 Jahren bei Thyssen Krupp. Ich frage mich, ob es diese Unfallgeschichten waren, die meine Schwester dazu bewogen, Medizin zu studieren. Es kamen jedenfalls immer auch Notärzte in diesen Geschichten vor, die den Verunfallten auf nahezu magische Weise ihre Schmerzen nehmen konnten.
Am wenigsten Glück hatten diejenigen Patienten auf der Schmerzstation, deren Unfälle nicht bei der Arbeit oder auf dem Weg dorthin passiert waren, oder die einfach so, ohne vorher einen Unfall gehabt zu haben, dauernde Schmerzen entwickelt hatten, und die seitdem viel Zeit damit verbrachten, ihre Krankenkassen um weitere Maßnahmen anzubetteln. Mir fiel außerdem auf, dass niemand auf der Schmerzstation dem Milieu entstammte, in das ich spätestens durch die Heirat mit Sylvia aufgestiegen war, keiner hatte studiert oder mit reiner Kopfarbeit sein Geld verdient. Darin hatte ich ihnen allen schon wieder etwas voraus, wie schon vor dem Unfall: ich

hatte den halben Unterschenkel verloren, aber nicht mein Kapital auf dem Arbeitsmarkt. Im Gegenteil: in Zukunft würde ich auch noch als Behinderter eine bevorzugte Behandlung geltend machen können. Gut, ich war kein französischer Staatsangestellter, der hoffen konnte, an die Cote d'Azur versetzt zu werden, wie in dem Film „Bienvenu chez les Ch'tis", aber auf das ein oder andere Privileg würde ich bestehen können. Den anderen dagegen, vor allem den Ungelernten, von denen es mehr gab, als ich gedacht hatte, würde nicht viel bleiben in der Welt da draußen, die schon vorher nicht auf sie gewartet hatte. Trotzdem schienen fast alle leichter an ihrem Schicksal zu tragen als ich. Sie schoben einander in Rollstühlen zum Rauchen vor den Haupteingang, sie stachelten sich gegenseitig mit derben Sprüchen an wie alte Arbeitskollegen, und redeten wie am Stammtisch über Fußball, Politik, Urlaube. Ich dagegen wankte auf meiner Interimsprothese zwischen den Therapieräumen herum wie ein krankes Tier. Alle schienen zu wissen, wer ich war, obwohl ich höchstens mit Kemal und Günther ein paar unvermeidbare Worte wechselte. Anfangs fragten mich die beiden immer noch, ob ich mit nach draußen käme, aber bald gaben sie es auf. Danach hoben sie nur noch grüßend die Hände, jedes Mal wenn ich an ihrem Rauchergrüppchen vorbei durch den Haupteingang ging. Ich rang mir höchstens ein Kopfnicken in ihre Richtung ab. Ich hasste insgeheim jeden, der mir freundlich zulächelte.

13.

Die folgende Woche nutzte ich, auf die Anonymität meiner Daten vertrauend, um meinen Sprung vorzubereiten. Ich suchte nach Vorkehrungen, die Sylvia und Nina finanziell gut dastehen lassen würden, ich versicherte mich, dass mein Sturz aus dem 5. Stock auf jeden Fall tödlich sein würde, ich verfasste ein Abschieds- Dokument an Sylvia und einen handgeschriebenen Brief an Nina, den sie erst zu lesen bekommen sollte, wenn sie älter war. Ich war mir noch unsicher, auf welchem Wege ich mich von meinen Eltern und meiner Schwester verabschieden sollte. Mein Vater war schon fast blind, meine Mutter musste ihm alles vorlesen, aber das meiste verstand er trotzdem nicht, weil er auch sehr schlecht hörte. Ich musste lachen bei dem Gedanken, wie meine Mutter ihm meine Abschiedsnachricht ins Ohr brüllen müsste, und wie er trotzdem immer wieder nachfragen würde: „Wer ist tot?" Wenn niemand ihn störte, verbrachte er seinen Ruhestand vor dem viel zu laut gestellten Fernseher, ohne ersichtlichen Anteil am Geschehen auf dem Bildschirm zu nehmen. Meine Mutter verkroch sich meistens vor dem Lärm in die Küche oder ins Schlafzimmer, kochte Essen, von dem sie nur wenig und mein Vater fast gar nichts aß, bestickte Tischdecken und Servietten, die dann ungenutzt in den Schrank wanderten, oder löste Sudokus so schnell, dass sie wahrscheinlich in irgendeiner Show damit hätte auftreten können. Wie die beiden wirklich auf einen Abschiedsbrief reagieren würden, konnte ich mir überhaupt nicht vorstellen. Wenn wir zu Besuch dort gewesen waren, hatte sich meine Mutter immer gleich auf Nina gestürzt, was der schon als ganz kleines Kind schnell zu viel wurde. Sylvia war oft gar nicht erst mitgekommen. Ich hatte dann bei meinem Vater gesessen, der ab und zu nickte und „Karl, Karl" sagte. Dabei waren sie gute Eltern gewesen, was heißt: sie waren mit allem Blödsinn, den ich in meiner Jugend angestellt hatte, gelassen umgegangen. Erst als ich angefangen hatte zu studieren, hatten wir uns immer weniger zu sagen gehabt; die Welt in die ich in Köln eingetaucht war, blieb ihnen fremd. Warum ich, wenn ich schon studierte, mir nicht etwas Ordentliches ausgesucht hätte, wollte mein Vater einmal wissen. Er hätte noch ergänzen können: wie meine Schwester. Die war mittlerweile Ärztin, arbeitete Teilzeit im Krankenhaus, hatte drei Kinder und einen Mann, der auch Arzt war. Alles richtig gemacht, also. Meine Schwester und ich waren uns nie besonders nahe gewesen, aber seit sie mir immer als leuchtendes Beispiel präsentiert wurde, hatten

wir uns erst recht nichts mehr zu sagen. Da sie mittlerweile in
der Nähe von Stuttgart lebte und höchstens noch über Weihnachten ins Ruhrgebiet kam, liefen wir uns auch nicht zufällig
über den Weg. Immerhin, nach meinem Unfall hatte sie sich
mehrfach bei Sylvia erkundigt und auch ihren ärztlichen Rat
angeboten. So wäre es wohl an mir gewesen, mich zu melden.
Irgendeine letzte Geste hätte ich auch gerne an sie gerichtet,
schon aus Anstandsgründen. Aber mir fiel nichts ein, was ich
ihr schreiben wollte.

14.

Seltsam war, dass ich mich dabei von Tag zu Tag besser
fühlte. Ich war mir nicht sicher, ob das an meinem Entschluss
lag, mich umzubringen, oder ob es die Medikamente waren,
die langsam zu greifen anfingen, oder ob es das ungeheuchelt
erscheinende Interesse an meinem Wohlergehen war, dass mir
von mehreren Seiten entgegengebracht wurde, von der fast
mütterlichen Stationsärztin, von dem strengen aber gutmütigen Krankengymnasten, von der geduldigen Ergotherapeutin
mit ihren Spiegeln und anderen eigenartigen Hilfsmitteln, von
der mit freundlicher Bestimmtheit alle meine Ausflüchte entlarvenden Psychologin; sie alle schienen sich ernsthafte Gedanken darüber zu machen wie mir am besten zu helfen sei,
und offenbar sprachen sie sich auch noch untereinander ab; jedenfalls deckten sich ihre Aussagen oft auf verblüffende
Weise. Wie dem auch sei, die Attacken ließen in ihrer Heftigkeit nach, ich schlief besser, und die Menschen um mich her
regten mich nicht mehr so auf.

Trotzdem blieb ich bei meinem Entschluss, mein abgehacktes
Leben lieber gleich ganz zu beenden. Ich hatte mich mit mir
selbst auf den dritten Mai geeinigt. Das wäre auf den Tag genau neun Jahre, nach dem mir mein Magister artium der Geschichts- und Kulturwissenschaften – Schwerpunkt Medievalistik - verliehen worden war, dieser krönende Abschluss wilder Jahre, der mich ins Nirgends entlassen hatte. Alle die

Verlags- und Zeitschriftenpraktika hatten damals nicht dazu geführt, dass mir in der Medienhauptstadt Köln irgendein Job angeboten wurde. Ich hatte deswegen einfach weiter gekellnert, im „Thunder", wie schon das ganze Studium hindurch, nur jetzt auf Lohnsteuerkarte.
Ohne Bafög war das Geld von da an knapper denn je. Sylvia studierte immer noch und bekam dafür Geld von ihren Eltern. Aber das sollte sie schön für sich behalten. Soviel Stolz besaß ich damals noch.
Über ein Jahr und achtzig Bewerbungen später wurde ich zum Vorstellungsgespräch eingeladen. Bei einer Beratungsfirma für Kulturinstitutionen, die in Zeiten immer knapperer staatlicher Subventionen vermehrt die Nähe zu privaten Investoren suchten. Es war eher eine von den vielen Verlegenheitsbewerbungen gewesen, die ich verschickt hatte, damit ich am Ende sagen konnte, dass ich alles versucht hatte. Dass dieses Ende kommen würde, dass ich es zu keiner anständigen Erwerbsbiografie bringen würde, mich den Rest meines Lebens im Geringqualifizierten-Sektor herumtreiben würde, und schließlich nur noch auf das Erbe meiner rechtschaffen arbeitenden Eltern hoffen konnte, schien mir da schon sicher. Ich hatte auch schon angefangen, mir das Ganze als Bohemien-Schicksal schönzureden. Wenigstens würde ich so immer genug Zeit zum Schreiben haben, sagte ich mir.
Ich erzählte Sylvia von der Einladung, und sie war sofort begeistert, auch, weil die Firma in ihrer Heimatstadt Bochum saß, und sie schon länger mit dem Gedanken geliebäugelt hatte, nach dem Studium dorthin zurückzukehren. Mir selbst, der ich ebenfalls im Ruhrgebiet, allerdings im benachbarten Witten, aufgewachsen war, missfiel die Vorstellung, das lustige Großstadtleben, das ich während meines Studiums genossen hatte, wieder gegen die postindustrielle Schwerfälligkeit einzutauschen, die ich mit dem Leben entlang der Ruhr verband, auch wenn wir uns dann endlich eine größere Wohnung leisten konnten und auf großelterliche Unterstützung hoffen

durften, sobald es ums Kindergroßziehen gehen würde. Sogar der Karneval war mir über die Jahre ans Herz gewachsen. Weniger die Umzüge und Sitzungen, dafür umso mehr die Anarchie des Kneipenkarnevals – selbst, wenn ich mir in einer der irren Nächte die Finger an den Kölschhähnen im „Thunder" hatte wundzapfen müssen, am Ende hatte es sich immer gelohnt. Ich versuchte Sylvia zu vermitteln, wie gering meine Chancen waren, und wie wenig Lust ich auf einen solchen Job hatte. Aber sie ließ sofort alle Prüfungsvorbereitungen liegen, schob mich aus unserer geliebten kleinen Wohnung im 8. Stock eines Hochhauses am Kölner Stadtrand, und ehe ich mich versah, saßen wir in der Straßenbahn Richtung Innenstadt, um mir einen Anzug fürs Bewerbungsgespräch zu kaufen. Sylvia fachsimpelte ausgiebig mit der Verkäuferin und erzählte ihr von meinem Bewerbungsgespräch, während ich immer wieder belämmert in irgendwelchen schlecht sitzenden Anzügen vor dem Spiegel stand. Irgendwann hatten die beiden doch noch die passenden Teile für mich gefunden, und ich war selbst erstaunt über den Unterschied: plötzlich sah man nichts mehr von meinen leicht hängenden Schultern, von den etwas zu langen Armen, von meinem kleinen Schmerbauch, den ich mir während des Schreibens der Magisterarbeit angefuttert hatte. Ich hätte für eine Modezeitschrift posieren können. Das änderte sich erst wieder, als ich einige Tage später in besagtem Anzug das Büro der Beratungsfirma in einem der wenigen, weithin sichtbaren Hochhäuser unweit des Bochumer Hauptbahnhofs betrat. Die Szenerie, auf die ich dort traf, hätte ich eher in Köln erwartet als im behäbigen Bochum: da saßen zwei Jungs, ungefähr in meinem Alter, Lennart und Lasse, wie sie sich vorstellten, hingefläzt auf bunten Sitzsäcken, von denen sie mir auch einen anboten. Sie waren zwar wahrscheinlich teuer, aber völlig informell gekleidet, ganz anders, als sie sich auf den Fotos im Netz präsentiert hatten. Ich kam mir albern vor, als ich in meinem dunklen Anzug in den Sitzsack einsank, bis meine Knie fast an den Ohren angekommen waren. Ich sollte von mir erzählen, aber bald schon unterbrach mich Lasse und fing an, ihre noch junge Firma zu preisen; Lennart stimmte ein, und die beiden gaben sich gegenseitig die Stichworte für ihr Eigenlob, während ich interessiert tat. Sie kamen auch auf meinen Anzug zu sprechen, und dass es wichtig sei, in bestimmten Situationen seriös aufzutreten, und dass es durchaus Termine gebe, zu denen auch sie im Anzug erschienen, dass ihnen aber innerhalb der Firmenräumlichkeiten ein familiärer Umgang wichtig sei, um den kreativen Prozess am Laufen zu halten, usw., das übliche Geschwafel. Geschmack hatten sie dabei, das musste ich ihnen lassen. Durch die bodentiefen Fenster kam viel Licht, das auf wenig Widerstände in seinem Weg durch den Raum traf; der Dielenfußboden, die geschwungenen Designerlampen, Sofas, Sitzkissen, Stehpulte, höhenverstellbaren Schreibtische, die offene Teeküche, die Schalen mit frischem Obst auf niedrigen Tischen, die überall verfügbaren Steckdosen, alles lud dazu ein, sich seine Ecke zu suchen und gleich loszulegen mit dem kreativen Arbeiten. Während unseres Gesprächs kamen mehrfach freundliche, gut gekleidete junge Menschen vorbei und grüßten mich wie einen der ihren. Ich kam mir vor wie in einem Werbeclip. Aber bei aller Skepsis färbte doch etwas von dem Optimismus dieses Ortes auf mich ab.

Zu meinem großen Erstaunen bekam ich die Stelle. Mit geliehenem Geld, aber in dem sicheren Wissen es bald zurückzahlen zu können, lud ich Sylvia mehrmals in schicke Restaurants ein und ging sogar mit ihr einkaufen. Und noch vor meinem ersten Arbeitstag war Sylvia schwanger, unsere winzige Wohnung hatte einen Nachmieter, und wir selbst hatten einen Mietvertrag für eine großzügige Drei-Zimmer-Altbauwohnung in der Nähe des Bochumer Schauspielhauses unterschrieben, für nahezu die gleiche Miete wie vorher in Köln. Zunächst sah es so aus, als hätten Lennart und Lasse nicht zu viel versprochen. Allen schien es wichtig zu sein, dass ich gut eingearbeitet würde, ich konnte jeden jederzeit fragen.

Unheimlich war nur, dass alle immer erreichbar erschienen, egal, ob sie im Büro saßen, oder zu Außenterminen fuhren, oder – wie manche mit Kindern – von zuhause aus arbeiteten. Ich gewöhnte mich jedoch schnell daran, dass auch ich, noch während meine Hand auf Sylvias schwangerem Bauch ruhte, oder ich mit alten Schulfreunden, die in der Region geblieben waren, in der Kneipe saß, E-Mails beantwortete, oder nachts noch schnell einen Bericht zuhause fertig schrieb. Es war mein erster richtiger Job, er machte Spaß, ich wollte gute Arbeit abliefern und gelobt werden; alles war anders als beim Kellnern im „Thunder"; ich schaute nie nach der Uhr und fühlte mich zum ersten Mal in meinem Leben erwachsen.

Dann kamen die Außentermine hinzu. Ich durfte bei den „Großen" mitspielen. Ich bekam einen Dienstwagen, anfangs nur einen kleinen Japaner, immerhin schon ein Hybridmodell - man wollte sich ja grün präsentieren - später, als auch deutsche Edelmarken mit Hybriden nachzogen, und ich die ersten größeren Aufträge akquiriert hatte, wurde es luxuriöser. Autos waren bis dahin für mich nur ein manchmal notwendiges Übel gewesen, über das ich so wenig wie möglich nachdachte, aber spätestens als ich das erste Mal in meiner neuen Limousine saß, entwickelte ich Spaß daran, die Strecken zwischen den Terminen in immer kürzerer Zeit zu schaffen. Ich fühlte mich absolut sicher in diesem Panzer mit seinen Assistenzsystemen, das Ganze hatte mehr etwas von einem Videospiel als von notwendiger Fortbewegung.

Bis zu jenem Tag Anfang Januar, nach fast acht Jahren, die ich größtenteils im Außendienst verbracht hatte: es war nass auf der A42, ich gab gleich hinter einer Baustelle wieder richtig Gas. Ich war spät dran, es war ein wichtiges Treffen; es ging um die Rettung des Musiktheaters im Revier, diesem herrlich verlorenen Posten der Hochkultur mitten im tiefverschuldeten Gelsenkirchen, jener Stadt, die als dauerhaft letztplatzierte im deutschen Städte-Ranking traurige Berühmtheit erlangt hatte, und die erst später - als Günthers Heimatort - eine persönliche

Bedeutung für mich bekam. Auf einmal verloren die Reifen die Haftung, das Heck brach aus, ich sah noch die Leitplanke auf mich zukommen, hörte es krachen und spürte, wie ich mich überschlug. Danach sind es nur noch verschwommene Sequenzen, die bis heute noch in meinen Träumen auftauchen. Das Gelb des Airbags, in dem ich glaubte ersticken zu müssen. Mein rechter Fuß, der mich zurückhielt, als ich versuchte, unter dem Airbag hervorzurobben. Das Regenwasser, das durch die zersplitterten Scheiben zu mir drang. Das Rauschen der vorbeirasenden Reifen auf der nassen Fahrbahn. Der Geruch der aufgerissenen, vollgesogenen Erde an der Böschung, dann Blaulicht, Scheinwerfer, Funksprüche. Irgendwann hob sich das Dach meines Autos, als sei es immer nur ein lose aufliegender Deckel gewesen. Plötzlich war da ein bärtiges Gesicht neben mir, und stellte mir mit Knoblauchatem komische Fragen. Jemand nahm meinen Arm, klopfte darauf herum und rammte etwas hinein, und dann wurde auf einmal alles warm und gut und sicher. Nur wenn es von einer Trage auf die andere ging, war da dieser gräßliche bohrende Schmerz in meinem Bein, und ich wollte etwas sagen, wollte schreien und konnte nicht. Und dann wurde auf einmal die Luft immer knapper, ich bekam Panik, merkte auch, wie sie um mich her wieder hektischer wurden. Jemand verlangte nach einer Drainage. Dann rammte sich etwas in meine Brust, mir war, als würde ich mit einem Speer durchbohrt. Aber im nächsten Augenblick konnte ich wieder atmen, wenn auch unter Schmerzen, und dann wurde es auch schon wieder dunkel und warm. Irgendwann lag ich im Bett, und am Bettende lag mein Bein, zusammengehalten von einem Gestänge, dessen Streben mitten durch den Knochen verliefen, ohne dass ich etwas davon merkte. Wenn etwas wehtat, dann waren es der Kopf, der Rücken, die Brust beim Atmen, nichts davon so sehr, dass es mich beunruhigt hätte. Ich dachte, ich hätte es geschafft, ich sei gerettet. Nichts in meinem bisherigen Leben hatte mich auf das monatelange Martyrium vorbereitet, das nun folgte.

15.

Wie erleichtert ich war, als der dritte Mai endlich da war! Keine Nacht länger, in der mich das Gespensterbein heimsuchen würde. Stattdessen würde ich ihm bald Gesellschaft leisten, im Reich der Geister.

Ich wartete noch das Abendessen ab. Als ich mir sicher sein konnte, dass Günther und Kemal auf dem Weg zu ihrer Verdauungszigarette waren, erhob ich mich vom Bett. Ich ließ meinen Rechner aufgeklappt auf dem Nachttisch zurück, und den elektronischen Abschiedsbrief an Sylvia geöffnet. Die Passwortsperre hatte ich aufgehoben. Daneben legte ich den handschriftlichen Brief an Nina. Ich strich mein Bettzeug gerade und hinkte, immer noch etwas unbeholfen, auf meiner Prothese zum Balkon und rückte einen der Aluminiumstühle direkt ans Geländer. Ich setzte mich und schnallte die Prothese ab. Wäre doch schade um das teure Ding. Ich stieg auf den Stuhl schwang mich von dort auf das Balkongeländer. Beinahe hätte ich dabei schon das Gleichgewicht verloren; dabei wollte ich mich doch erst noch einen Augenblick sammeln, bevor ich sprang. Ich fing mich wieder und saß nun auf dem Geländer, ganz lässig, wie früher als Schüler im Treppenhaus; das gesunde Bein klemmte ich zwischen den Metallstreben ein, den Stumpf ließ ich baumeln. So saß ich, blickte von oben auf die Rückfront der Mietshäuser gegenüber, auf die Blumenkästen und Gartenmöbel auf den Balkonen, machte nicht den Fehler, nach unten zu sehen in die Baugrube, die schon ein Stück weiter ausgehoben war, sondern atmete ruhig, und versuchte noch einmal an die Dinge zu denken, die schön gewesen waren in diesem Leben: das Versteck unter der eisernen Treppe, die an dem Haus, in dem meine Eltern immer noch im Hochparterre wohnten, in den Garten führte, zum Beispiel. Von der Treppe aus rankte eine Glyzinie bis zum Dach empor, und solang sie Laub trug, war man unter der Treppe vor allen neugierigen Blicken geschützt. Dort hatte ich meine Sandkastenliebe Marion zum ersten Mal auf die Wange geküsst. Oder

43

die ersten Reisen in fremde Länder: Italien, Großbritannien, Frankreich, der Ärmelkanal, die felsigen Mittelmeerküsten und die Sandstrände des Atlantiks. Aber auch die Ruhrwiesen, wo wir als Jugendliche am Feuer gesessen hatten, und die Gitarre und den Schnaps kreisen ließen, später die WG in Köln, kein Wochenende ohne Feiern, legal oder illegal, mit oder ohne Drogen, die erschöpften glücklichen Gesichter im Morgengrauen, dann das ERASMUS-Jahr in Wien, die Nacht, in der Sylvia und ich das erste Mal Hand in Hand über den leeren Naschmarkt spaziert waren - für eine Jurastudentin war eigentlich nur Österreich für ein Auslandssemester in Frage gekommen - was für ein Glück, hatte ich damals gedacht.... da machte ich ihn doch, den Fehler: ich sah nach unten, und auf einmal drehte sich alles und ich wankte auf dem Geländer, versuchte mich festzukrallen, wollte plötzlich nicht mehr fallen, und spürte doch, wie es mich hinunterzog. Es war zu spät, ich würde fallen! Da legte sich etwas Schweres, eine Hand, mehr schon eine Pranke auf meiner Schulter. Es war Günthers, die gesunde Rechte natürlich, mit der er mich zurückhielt. Mein Schwerpunkt wanderte unter ihrem Zug wie in Zeitlupe zurück über das Geländer Richtung Balkon. „Langsam, Kumpel", sagte er, „das ist ziemlich gefährlich, was du da machst. Komm, lehn dich zurück, ich fang dich auf." Er sagte es so freundlich und bestimmt, als sei es völlig selbstverständlich für ihn, so mit mir zu reden. Einen kurzen Moment schwankte ich noch, ob ich mich nicht doch von ihm losreißen und nach unten stürzen sollte, aber dann ließ ich mich, erschlaffend, rücklings in seine mächtigen Arme sinken. Zwar schien er mich mit Leichtigkeit halten zu können, doch als ich seine schlimme Hand im Heruntersinken berührte, ächzte er auf. Kaum, dass er mich auf dem Boden abgesetzt hatte, umgriff er mit der Rechten sein steifes Handgelenk, presste es zusammen und stampfte mit den Füßen. Dabei verzog er das Gesicht zu einer grotesken Grimasse. „Diese Scheiß-Hand", flüsterte er, „manchmal könnte ich sie einfach nur abhacken". Ich musste fast lachen. Ich zeigte auf meinen Stumpf und sagte: „Wie du an mir siehst, wird's dadurch nicht besser." Jetzt grinste er auch. Und ich, ich sah ihn an, sah das Geländer an und musste wirklich lachen, ein ungläubiges, fast schon hysterisches Lachen. Günther hob mich auf und ich musste mich an ihm festhalten, um nicht umzufallen. Er legte seinen gesunden Arm um mich, sodass mein Gesicht an seiner tonnenförmigen Brust zu liegen kam, und ich lachte halb und heulte halb in sein nach Schweiß und Rauch und billigem Deo riechendes T-Shirt hinein. „Komm rein zu uns", sagte er. Kemal saß auf seinem Bett und rieb sich die Füße mit einer stechend nach Pfefferminz riechenden Salbe ein. Er sah zu uns herüber, als wir durch die Balkontür eintraten. Ich schnallte meine Prothese wieder um und konnte alleine gehen. Als Kemal mein verheultes Gesicht sah, nickte er mitfühlend. „Kemal, mein Freund", sagte Günther, „hier ist ein Fall für deinen Raki." Kemal nickte immer noch. Dann legte er den Salbentiegel zur Seite, wischte sich die Hände an der Jogginghose ab, langte hinüber zu seinem Nachttisch und zog eine der Mineralwasserflaschen, die man sich umsonst vom Wagen aus dem Flur nehmen konnte, hervor. Er stellte sie auf den weißen Tisch, den wir uns zum Essen teilten. Als er sie öffnete, zischte keine Kohlensäure, stattdessen roch es nach Alkohol. Günther ging hinaus auf den Flur und kam gleich darauf mit drei Gläsern zurück. Kemal füllte alle drei bis zum Rand aus der Flasche, und ein scharfer Schnapsdunst verbreitete sich über dem Tisch. Ich ging schnell zu meinem Rechner, schloss den Abschiedsbrief auf dem Bildschirm und stopfte den Brief an Nina seitlich in die Reisetasche in meinem Spind. Dann setzte ich mich zu den beiden und wir stießen an. „Auf das Schöne in diesem Scheißleben", sagte Günther und sah mich ermunternd an. Der Schnaps brannte sich direkt unter meine Zunge und ins Innere meiner Wangen. Ich musste mich zwingen, ihn nicht auszuprusten, so scharf war er. Ich verfolgte aufmerksam den flammenden Weg durch meine Speiseröhre und

meinte auch noch zu spüren, wie die brennende Flüssigkeit an den Wänden meines Magens herabrann. Der Effekt ließ nicht lange auf sich warten. Ich hatte seit dem Unfall kaum Alkohol getrunken und auch wenig Lust darauf verspürt; der Schwindel, den die Tabletten verursachten, reichte mir schon. Aber jetzt schien mir Schnaps genau das Richtige zu sein. Günther und Kemal kamen schnell ins Schimpfen, auf die Ärzte, die ihre Leiden nicht richtig erkannt hätten, auf die Berufsgenossenschaften, die sich angeblich so zierten zu zahlen, auf das schlechte Essen im Krankenhaus, auf einen Pfleger, den sie beide nicht mochten. Ich saß daneben und hörte ihnen zu und nickte zustimmend und lächelte. Zwischendurch ging es mir immer wieder durch den Kopf, dass ich doch jetzt eigentlich schon hatte tot sein wollen. Irgendwann wandte ich mich an Günther, versuchte sein schwankendes Bild zu fixieren, und bat ihn, so gut es meine träge Zunge vermochte, niemandem etwas von dem, was draußen auf dem Balkon passiert war, zu erzählen. Mir wurde wieder sehr bewusst, dass sie mich direkt in die Psychiatrie stecken würden, wenn irgendwer vom Personal davon erfuhr. Später holte Günther ein Skatspiel aus dem Schrank, und wir freuten uns alle drei, als wir feststellten, dass jeder das Spiel kannte. Gut, ich hatte es zuletzt als Mittelstufenschüler exzessiv und gerne auch während des Unterrichts unter der Bank gespielt, aber die Regeln hatte ich schnell wieder parat. Günther erzählte, dass er jahrelang jeden Sonntagvormittag um Kleingeld in der Kneipe gespielt habe, und ab und zu sogar zu Turnieren gefahren sei, aber nie etwas gewonnen habe. Woher Kemal Skat kannte, konnte oder wollte er uns nicht so richtig erklären, aber er konnte es auf jeden Fall sehr gut, wie sich schnell herausstellte.
Das Spiel ging uns allen dreien so locker von der Hand, dass wir bald auf andere Themen kamen: es stellte sich heraus, dass sie beide fast zur gleichen Zeit geboren waren, Günther in Oberhausen, Kemal in Recklinghausen, damals noch stolze Zentren des Kohlebergbaus, auch wenn dessen Niedergang

schon begonnen hatte. Kemals Eltern schienen das geahnt zu haben, sie rieten ihm von einer Laufbahn unter Tage ab. Maler und Lackierer, die würde man immer brauchen, solange es Häuser und Autos gab. Niemand konnte sich damals vorstellen, dass die ganze Chemie, die er täglich an schlecht sitzenden Masken vorbei einatmete, dazu führen würde, dass er eines Tages seine Füße und Hände kaum noch spürte, außer wenn sie schmerzten. Günther dagegen war allen Unkenrufen zum Trotz dem Beispiel seiner Vorväter gefolgt und Bergmann geworden. Wann genau der erste Gauthier zum Kohlehacken ins Ruhrgebiet gekommen war, wusste keiner. Nur die Geschichten, wie Günthers Großvater während der französischen Besetzung des Ruhrgebiets immer wieder von seinem Nachnamen profitiert hatte, erzählte man sich noch immer gerne in der Familie. Solange die Nazis an der Macht gewesen waren, hatte sein Vater dagegen darauf bestanden, dass der Name Gau-Tier ausgesprochen wurde, wohl in der Hoffnung, dass das bei den Nazis so beliebte Wort „Gau" für positive Assoziationen sorgen würde. Seit Kriegsende aber bestand die gesamte Familie wieder auf der französischen Aussprache. Für Günther war tatsächlich irgendwann Schluss gewesen mit dem Leben als Kumpel. Immerhin: die Umschulung zum Schweißer hatten sie ihm noch bezahlt, und er schien nichts zu bereuen. Warum er später nicht mehr als Schweißer, sondern als LKW-Fahrer arbeitete, erfuhr ich damals noch nicht. Soviel aber wusste ich nun: Beide waren nicht nur gute fünfzehn Jahre älter, sondern hatten auch schon über fünfundzwanzig Jahre länger gearbeitet als ich, bevor sie etwa gleichzeitig mit mir zu „schwierigen Fällen" wurden. Als ich ihnen - schon mit etwas in die Länge gezogener Aussprache - von meinem Studium erzählte und meiner Arbeit, unter der sie sich wenig vorstellen konnten, spürte ich wieder diese seltsame Mischung aus Belustigung und Ehrfurcht, die ich damit bei den vielen Malochern, die mich neuerdings umgaben, auslöste. „So", sagte Günther, dem der Alkohol überhaupt nicht anzumerken war, „deine Arbeit besteht also darin, anderen zu erklären, wie sie ihre Arbeit besser machen."

Günther hatte sich versichert, wer von den Pflegenden im Spätdienst für uns zuständig war: von Ecki hatten wir nichts zu befürchten; dem war es egal, was wir auf dem Zimmer trieben, solange es ruhig dabei blieb. Wenn er gedurft hätte, hätte er sich wahrscheinlich noch dazugesetzt, und wir wären auf Doppelkopf umgestiegen. Irgendwann war ich zu betrunken, um dem Spiel noch zu folgen. Und auch Kemal fielen die Karten aus den tauben Händen. Günther, der schon nüchtern alles nur mit rechts machte und oft zu vergessen schien, dass er überhaupt eine linke Hand besaß, machte immer umständlichere Bewegungen und fing an in fragwürdiger Weise seinen Mund zu benutzen, um sein Blatt zu handhaben. Wir wurden uns einig, dass es Zeit war aufzuhören. Ohnehin blieb nur noch ein kümmerlicher Rest in der Mineralwasserflasche, die Kemal gewissenhaft in seinem Nachtschrank verstaute. Mein neu antrainierter einbeiniger Gleichgewichtssinn war mir völlig abhandengekommen. Die beiden mussten mich links und rechts stützen, damit ich ins Bett kam. Als sie mich ablegten, beugte ich mich zu Günthers Ohr und flüsterte ihm noch einmal flehend zu, niemandem etwas von meiner Aktion auf dem Balkon zu erzählen. Ich schlief unruhig und träumte wild, aber wenigstens schlief ich überhaupt einmal wieder mehr als ein, zwei Stunden am Stück, was mir seit der ersten Woche nach der Amputation nicht mehr gelungen war. Und der Alkohol machte die Schmerzen zumindest etwas dumpfer.

16.

Dafür wachte ich am nächsten Morgen mit dem übelsten Kater meines Lebens auf. Mein Kopf pulsierte wie ein sterbender Stern kurz vor der Supernova. Mir war speiübel, während meine Zunge sich anfühlte, als würde sie jeden Moment zu Staub zerfallen. Wenigstens saßen wir, wenn es um Schmerztabletten ging, an der Quelle. Die beiden anderen gingen ihren

Morgenroutinen nach, als sei nichts gewesen. Ich ertappte sie dabei, wie sie sich amüsierte Blicke zuwarfen, während ich mich abmühte, meinen Körper wieder unter meine Kontrolle zu bringen.

Eine halbe Stunde später saß ich immer noch ziemlich zittrig bei der Ergotherapeutin und versuchte vergeblich, mich auf die Spiegelübungen zu konzentrieren. Die junge Therapeutin sah mir eine Weile mitleidig zu, tröstete mich dann, dass das ganz normal sei, dass man einmal einen schlechten Tag habe, und massierte für den Rest der Stunde an meinem Stumpf herum, was sich zum ersten Mal irgendwie gut anfühlte.

Die unsichtbaren Wände, mit denen ich Günther und Kemal in unserem Dreibettzimmer von mir ferngehalten hatte, waren in sich zusammengefallen. Ich hielt mich nicht länger abseits und begleitete sie öfters zu ihren mehrmals täglichen Ausflügen zur Raucherecke vor dem Haupteingang. Ich rauchte sogar einmal mit, aber da hätten sie mich fast wieder ins Bett bringen müssen, so kodderig wurde mir. Die beiden stellten mich nach und nach den anderen Stammgästen in der Raucherecke vor, fast durchweg Menschen, die sich ihr Geld immer nur mit den Händen und oft genug unter sehr ungesunden Bedingungen verdient hatten, und deren Körper irgendwann nicht mehr so gewollt hatten wie sie. Die Stimmung war freundlich, die Sprüche grob. Ich stand meistens nur dabei und hörte zu, wie sie sich gegenseitig in der farbigen Schilderung ihrer Unfälle und Krankheiten zu übertreffen versuchten. Die Männer redeten auch über die Schwestern und Therapeutinnen und glichen ihre persönlichen Ranglisten miteinander ab, ohne Rücksicht auf die anwesenden rauchenden Frauen. Auch wenn mich das Getue und Geprahle immer noch nicht sonderlich interessierte: ich war froh unter diesen im Wesentlichen gutmütigen Menschen zu sein und dank meiner Verstümmelung als einer der ihren wahrgenommen zu werden. Ich, der bis dahin nie ein Problem damit gehabt hatte, mit mir allein zu sein, war plötzlich zufrieden, Teil dieses Haufens zu sein, den eigentlich nur das Stigma der Versehrtheit zusammenhielt. Wirklich dankbar aber war ich für meine beiden Zimmergenossen. Günther schwieg über meinen unrühmlichen Abgangsversuch, ich glaube sogar Kemal gegenüber, der die Aktion auf dem Balkon nicht mitbekommen zu haben schien, oder wenn, dann niemals darauf anspielte. Dabei gab Günther Acht darauf, dass ich nicht zu lange irgendwo alleine blieb, ich spürte oft seinen wachsamen, fast mütterlichen Blick auf mir. Wenn wir gemeinsam an den Sportgeräten waren, wo er mit seiner gesunden Rechten Gewichte stemmte, die ich mit zwei Armen nicht hochbekam, kam er immer zu mir herüber, lobte mich, gab mir Tipps, feuerte mich an. Wenn wir aßen, bot er mir immer wieder seinen Nachtisch an. Er fand, ich sei viel zu dünn. Es stimmte, dass ich seit dem Unfall an die fünfzehn Kilo verloren hatte, aber schließlich fehlte mir ja auch ein Stück, und eigentlich war ich ganz froh, dass mein Wohlstandsbauch eingeschmolzen war.

17.

Günther und ich machten Fortschritte über die Wochen. Er bekam eine Spritze in den Rücken, nach der seine Hand plötzlich nicht mehr so berührungsempfindlich war. Mir spritzten sie Botox – ja, genau das gleiche Gift, das sich die reichen Damen ins Gesicht spritzen lassen – an die Nerven in meinem Stumpf, und siehe da: die Attacken wurden weniger. Wir trainierten härter und freuten uns. Der Chefarzt, Professor Weiß, ließ sich bei seiner wöchentlichen Visite unsere Krankheitsverläufe beschreiben, nickte zufrieden und sagte: „Weiter so". Bei Kemal dagegen schaute er ernst drein, und auch Kemal selbst frustrierte von Tag zu Tag mehr. Er mühte sich beim Sport und in der Physiotherapie ab, bis ihm die Tränen kamen, schmierte sich brav jede Salbe, die sie ihm ans Bett stellten, auf Hände und Füße, ließ sich die Fußsohlen mit Chilipaste verätzen, schluckte jede neue Tablette, egal wie elend ihm davon wurde, aber es half nichts: das Gefühl kehrte nicht zurück, und die Schmerzen blieben. Und immer, wenn ich davon anfing, dass mir ja auch die Gespräche mit der Psychologin über mein Leben außerhalb des Krankenhauses dabei halfen, besser mit den Schmerzen umzugehen, oder dass das Desensibilisierungstraining mit der Ergotherapeutin, bei dem ich mit Wattebäuschen, Schwämmen und Bürsten über meinen Stumpf strich, diesen wirklich unempfindlicher gemacht habe, winkte er ab und sagte, er habe doch keinen an der Klatsche. Was das darüber sagte, wie er über mich dachte, darüber dachte ich lieber nicht weiter nach.

Nach drei Wochen endete die von der Berufsgenossenschaft bewilligte Zeit auf der Schmerzstation. Günther; Kemal und ich waren fast zur gleichen Zeit gekommen, und so fielen auch unsere Abschlussgespräche eng zusammen. Es befremdete mich, wie ein Schüler beim Sprechtag stumm daneben zu sitzen, während die Oberärztin Frau Leiser meine Krankengeschichte in wenigen Worten für den Reha-Manager der Berufsgenossenschaft zusammenfasste, und lobend erwähnte, dass ich nach dem Botox die Schmerzmittel schon habe reduzieren können. Frau Kayser, die Psychologin berichtete, wie sehr ich mich in den vergangenen Wochen „stabilisiert" hätte, wie gut ich es geschafft hätte, auch die psychologischen und sozialen Komponenten meiner Schmerzerkrankung in den Heilungsprozess mit einzubeziehen. Dabei nahm sie immer wieder Blickkontakt mit mir auf und nickte mir aufmunternd zu, besonders als ich schließlich doch noch selbst gefragt wurde und schildern sollte, wie ich mir meine berufliche Zukunft vorstellte. Ich erzählte von den Gesprächen mit Lennart, der mir am Telefon zugesichert hatte, dass es auch ohne Außentermine genug für mich zu tun gebe, dass sie ohnehin planten, immer mehr Treffen mit Kunden durch Videokonferenzen zu ersetzen. Damit schienen alle zufrieden zu sein. Quasi zur Belohnung wurde entschieden, ich sei nun reif für einen neuen Versuch einer „richtigen" Reha. Erst wurde mir schlecht bei dem Gedanken, wiederum weitere Wochen in diesem tristen

Kasten von einem Krankenhaus zu verbringen, aber dann hörte ich, dass sie Günther genau das Gleiche vorgeschlagen hatten, und auf einmal hatte ich richtig Lust auf Reha. Kemal dagegen wurde –das zu hören tat uns beiden weh - in eine ungewisse Zukunft entlassen.

18.

Unser letzter gemeinsamer Abend kam, es war Freitag, Mitte Mai, die Sonne wärmte auch schon abends, und es wurde spät dunkel. Wir saßen zu dritt mit entblößten Oberkörpern auf dem Balkon und hielten unsere blassen Bäuche in die Sonne. Kemals Raki-Vorrat war leider aufgebraucht. Wir mussten uns mit alkoholfreiem Bier vom Krankenhaus-Kiosk begnügen. Kemal erzählte von dem Grundstück an der Schwarzmeerküste, auf dem er angefangen hatte, ein Haus zu bauen, in dem er seinen Lebensabend verbringen wollte. Er zeigte uns Fotos von dem Stahlbeton-Skelett, das schon stand, von sich selbst an der Schaufel, am Betonmischer, inmitten von Kabelgewirr. Alle Urlaube der letzten Jahre hatte er dort verbracht; mittlerweile war er sehr lange nicht dort gewesen, und machte sich Sorgen, dass sich andere an seiner Baustelle bedient haben könnten. Durch den langen Krankheitsausfall hatte er aber jetzt noch eine Menge Resturlaub, und er hatte sich auch schon die Erlaubnis der Berufsgenossenschaft geholt, dass er in die Türkei fliegen dürfe.

Als der Nachtpfleger seine letzte Runde drehte, saßen wir immer noch draußen, obwohl es mittlerweile dunkel war und kühler wurde. Schließlich verabschiedete sich Kemal ins Bett. Günther und ich dagegen wurden unternehmungslustig, als wir aus der Innenstadt das Scheppern von Live-Musik hörten. Wir baten den schon halb schlafenden Kemal, uns bei Nachfragen zu decken, und stahlen uns durch die nur noch spärlich bevölkerten Krankenhausflure hinaus. Ich konnte mittlerweile schon richtig weite Strecken auf meiner Prothese zurücklegen, aber bis in die Innenstadt war es doch weiter als gedacht. Als er merkte, wie ich langsamer wurde, bat Günther an, mich zu stützen, und so kamen wir tatsächlich Arm in Arm auf der Flaniermeile an. Günther schien sich zwar nichts aus den teils neugierigen, teils angeekelten Blicken, die uns einige Jugendliche zuwarfen, zu machen, aber ich spürte doch, wie sich sein Körper straffte, und ich war mir sicher, dass ein dummer Spruch genügt hätte, und ihm wäre seine kaputte Hand egal gewesen. Dass er diese Kampfbereitschaft ausstrahlte, trug vermutlich dazu bei, dass uns niemand etwas hinterherrief. Günther strebte ohne Zögern auf eine der letzten traditionellen Kneipen zu, deren Inhaber sich dem allgemeinen Trend zu immer grelleren Dekorationen widersetzt hatte. Günther machte schnell klar, wie er sich die weitere Abendgestaltung vorstellte, indem er für uns beide ein Herrengedeck bestellte. Das frisch gezapfte Bier erfrischte wie früher nach einer langen Radtour oder einer anspruchsvollen Bergwanderung, der Korn dagegen brachte mich innerlich zum Glühen, wir fingen an, von Eskapaden unserer Jugend zu reden, von Gelagen mit Freunden und Liebesabenteuern. Günther erzählte, wie er seine philippinische Frau Saya kennengelernt hatte: nicht, wie ich befürchtet hatte, über irgendeine Partnerschaftsvermittlung, sondern tatsächlich auch im Krankenhaus, wo er als junger Mann mit gebrochenem Bein gelegen hatte, nachdem ihn ein ins Pendeln geratener Kran von einem Gerüst gefegt hatte. Damals war alles folgenlos verheilt, und er hatte das Krankenhaus mit Sayas Nummer in der Tasche und der Aussicht verlassen, sie zu einem Abendessen im Biergarten wiederzusehen. Ich hatte Saya einmal gesehen, als sie Günther besucht hatte, eine ernste zierliche Frau, die Günther kaum bis zur Brust reichte. Badrag und Isko, ihre gemeinsamen Söhne, waren auch dabei gewesen, 18 und 16 Jahre alt, ansehnliche junge Männer mit glatten schwarzen Haaren, der Ältere auch damals schon deutlich größer als Mutter und Bruder, aber doch nicht so riesig wie Günther. Isko, der Jüngere, hatte schon beim Hereinkommen eine Geschmeidigkeit wie ein

Tänzer, ausgestrahlt, und irgendetwas hatte sich immer, während des gesamten Besuchs an ihm bewegt; was mit dazu beigetragen hatte, dass ich nicht aufhören konnte, ihn zu beobachten; Stillstehen schien ihm unmöglich zu sein. Günther hatte später stolz erzählt, dass der Junge schon einmal Vize-Westfalenmeister im Taekwondo geworden sei. Badrag dagegen hatte einen etwas ungelenken Eindruck gemacht, so als sei etwas bei seinem schnellen Wachstum nicht nachgekommen. Er war seinem Vater mit ernster Miene gegenübergetreten und hatte ihm mitleidig die Hand auf die Schulter gelegt, gerade als ob er in Günthers Abwesenheit dessen Platz als Familienoberhaupt habe einnehmen müssen. Dabei hatte Saya gewirkt, als habe sie die Lage zuhause auch ohne ihren Mann und ohne die Unterstützung ihrer Söhne sehr gut im Griff.

Der weitere Abend verlief auf erwartbare Weise: bis die letzte Runde ausgerufen wurde, hatten wir einige neue Bekannte gewonnen, und die Fanfreundschaft zwischen dem FC Schalke und dem VfL Bochum war ausführlich besungen worden. Ich beglich eine beachtliche Rechnung für uns beide, inklusive einiger spendierter Lokalrunden. Auf dem Rückweg aus der Innenstadt war ich völlig auf Günthers Unterstützung angewiesen; die mühsam wieder erlernte Gangsicherheit hielt dem Ansturm des Alkohols auf meine Synapsen nicht stand. Ich weiß nicht mehr, wie wir es am Sicherheitsdienst des Krankenhauses vorbei zurück aufs Zimmer schafften. Was ich noch weiß, ist, dass Kemal sich nicht rührte, als wir beim Versuch, uns in unsere Betten zu stehlen, arg herumpolterten.

Am Samstagmorgen muss ich so blass gewesen sein, dass die besorgte Schwester lieber noch einmal die diensthabende Ärztin holte, um zu entscheiden, ob ich wirklich das Krankenhaus verlassen durfte. Die sah mich misstrauisch an und fragte, ob ich selbständig etwas an meiner Schmerzmedikation geändert hätte. Ich verneinte, und schob meinen Zustand auf einen Migräneanfall. Das schien ihr zu reichen. Günther hingegen war das Gezeche des Vorabends auch diesmal nicht

anzusehen. Er war gut gelaunt wie immer. Als mir die
Schwester Bescheid gab, dass meine Frau und meine Tochter
an der Anmeldung auf mich warteten, umarmte er mich und
klopfte mir mit seiner gesunden Hand so fest auf den Rücken,
dass ich husten musste. Auch Kemal umarmte mich zum Abschied. Wir hatten alle drei unsere Telefonnummern ausgetauscht, aber ich bezweifelte damals, dass wir uns je wiedersehen würden.

19.

Das Wiedersehen mit Sylvia und Nina war viel herzlicher als
noch bei ihrem letzten Besuch. Ich freute mich zum ersten Mal
wieder, die beiden zu sehen. Mein Kater war wie weggeblasen. Ich hob Nina in die Luft und zeigte ihr, wie gut ich schon
auf meiner Prothese laufen konnte. Sylvia traute sich erst, als
wir das Krankenhaus verlassen hatten, ihren Arm um mich zu
legen. Ich zog sie zu mir heran und küsste sie, und sie strahlte
mich an wie früher, wenn wir uns lange nicht gesehen hatten.
Wir hielten unterwegs an der besten Eisdiele der Stadt und
deckten uns mit Gurken- und Safraneis und Schokoladensorbet ein. Sylvia gab Gas, das Eis sollte nicht schmelzen, bevor
wir zusammen auf der Terrasse saßen. Aber obwohl sie sich so
beeilte: bis ich den Blütenstaub von dem geerbten Tropenholz-Tisch gewischt hatte, Sylvia den Kaffee dazu aufgesetzt hatte,
und Nina das Eis wie einen geweihten Kelch vor sich her
durchs Wohnzimmer auf die Terrasse getragen hatte,
schwammen die Kugeln schon in geschmolzenen Schlieren.
Nina und ich begannen einen Wettbewerb, wer geräuschvoller
die süße Brühe aus den Pappbechern schlürfen konnte. Dann
klingelte es schon wieder, und eine ihrer Freundinnen holte
Nina zum Spielen ab. Als Nina weg war, blieben wir einen
Augenblick betreten sitzen, bevor sich unsere Blicke trafen.
Dann stand Sylvia auf und trat an meinen Stuhl heran. Schon
glaubte ich, sie wolle sich wieder wie früher oft auf meinen
Schoß setzen, und fuhr unwillkürlich zurück bei der

Vorstellung, wie weh sie mir dabei tun konnte. Aber sie ging neben meinem Stuhl in die Hocke, fasste meine Hand und sah mich liebevoll von unten an. Ich strich ihr durchs Haar, beugte mich zu ihr und wir küssten uns lang und bedächtig.
Ich blieb krankgeschrieben, ging zunächst dreimal die Woche zur Physio- und Ergotherapie, dann, drei Wochen später noch einmal für vier Wochen in die Reha, diesmal mit Erfolg. Ich lernte nach und nach, wieder im Alltag zurechtzukommen. Der Stumpf veränderte zunächst noch weiter seine Form, wurde dabei aber immer derber und belastbarer. Schließlich war es soweit, dass ich die Interimsprothese gegen eine definitive austauschen konnte, eine zweiteilige mit einer Art Vakuum-Strumpf, an dessen Ende das Fußteil einrasten konnte.

„Tja, die Zeiten von Käpt'n Ahab mit seinem Holzbein sind wohl endgültig vorbei, wie?"
Irgendetwas musste ich doch sagen, während ein Fremder an dem Körperteil, für das ich mich neuerdings so schämte, herumhantierte.
Der Orthopädietechniker, der mir die Prothese anpasste, und selbst wie ein Wal pustete, während er sich über mein Bein bückte und an der Prothese herumschraubte, sah auf einmal interessiert zu mir hoch.
„Kennen Sie den alten Film mit Gregory Peck?", wollte er wissen.
„Ja, aber ich mag das Buch lieber."
„Ist das nicht eher ein Kinderbuch?"
„Nein, eher nicht."
„Großartige Szene auf jeden Fall", wie Ahab die Golddublone an den Mast nagelt, dieser irre Blick…"
Er nagelte jetzt selbst mit dem Schraubenschlüssel in seiner Hand eine imaginäre Dublone in die Luft und versuchte dabei genauso irre auszusehen wie Gregory Peck. Sein breites Gesicht war von der Anstrengung immer noch bläulich verfärbt. Ich fürchtete schon, dass er gleich ohnmächtig würde.

Ich ging ein paar weich gefederte Schritte auf der neuen Prothese.
„Die läuft ja fast von selbst. Damit kann ich wohl keine Schiffsbesatzung in Angst und Schrecken versetzen, was meinen Sie?"
Er setzte sich, immer noch schnaufend, auf meinen Bettrand. Langsam nahm sein Gesicht wieder eine gesündere Farbe an.
„Nein, das ist eher Modell Rehab als Ahab."
Er lächelte, zufrieden sowohl mit seiner Arbeit als auch mit seinem Bonmot, wie es schien, prüfte noch ein letztes Mal den Sitz der Prothese und empfahl sich.

Als ich nach Hause kam, war Nina fasziniert von dem schmatzenden Geräusch des Vakuumverschlusses und von dem abnehmbaren Fuß. Sie hatte jede Scheu vor meiner Behinderung verloren. Oft kam sie von sich aus und half mir mit der Prothese. Das tat mir gut, auch wenn ich die Hilfe nicht brauchte. Sylvia dagegen vermied es immer, anwesend zu sein, wenn ich die Prothese an- oder abschnallte. Mit der Zeit konnte ich auch die Schmerzmedikamente wieder reduzieren. Und ich schlief besser: fünf, sechs Stunden am Stück, wenn es eine richtig gute Nacht war. Ich fühlte mich wacher, nicht mehr wie von Nebelwänden umgeben, aus denen Menschen und Gegenstände plötzlich auftauchten und mich erschreckten. Mein Interesse an der Welt kehrte zurück: Ich las die Zeitung, hörte Musik, traf mich mit alten Freunden in Köln. Sogar Fahrradfahren ging wieder, wenn auch nicht mehr mit meinen alten sportlichen Ambitionen.
Das Ende meiner Arbeitsunfähigkeit rückte näher, und meine Unruhe wuchs. Ich konnte mir kaum vorstellen, wie sich das anfühlen würde, mich wieder zwischen lauter schönen, erfolgreichen, schnell denkenden, schnell sprechenden und schnell handelnden Menschen zu bewegen. Ich hatte mir eine bedächtige Art angewöhnt, seit jede unglückliche Bewegung mich aus dem Gleichgewicht bringen und mich wie einen

Zirkusclown hinfallen lassen konnte. Sylvia sprach mir Mut zu, ermunterte mich, mich schon vorher mit Kollegen zu treffen, bei der Arbeit vorbeizugehen, die Scheu abzubauen – aber die Scheu war riesig, und ich fand immer neue Ausreden.

20.

„Arbeitsbelastungserprobung", kurz:ABE, ist eines dieser wunderbaren Amtsdeutsch-Komposita, über die sich der Rest der Welt gerne amüsiert. Konkret hieß das, dass ich in der ersten Woche nur zwei Stunden am Tag zur Arbeit kommen musste, dann jede Woche zwei Stunden mehr, und dass die Wochen, die ich noch nicht voll arbeitete, noch von der Berufsgenossenschaft bezahlt würden. Irgendwann war er plötzlich da, der erste Tag meiner ABE. Sylvia ließ mich unten am Eingang des Büroturms aus dem Auto und fuhr von dort aus weiter zum Gericht. Ich fuhr mit dem Aufzug hoch zu meiner Firma. Vor dem Unfall hatte ich immer die Treppen genommen, als Gratis-Fitness-Einheit, aber davon war ich immer noch weit entfernt. Und die Aufregung machte es nicht besser. Nachdem ich aus dem Aufzug gestiegen war, musste ich tatsächlich kurz stehen bleiben und eine kleine Atemübung einschieben, die mir Frau Kayser beigebracht hatte; erst dann fühlte ich mich fähig, meinen Mitarbeiterausweis an den Türöffner zu halten. Die Kollegen, an denen ich vorbei zu meinem Schreibtisch musste, sahen alle in ähnlicher Weise kurz auf, grüßten lächelnd, und wendeten sich rasch wieder ihrer Arbeit zu. Es wirkte wie eingeübt. Ich war mir sicher, dass ich, wenn ich mich umsähe, viele dabei ertappen würde, wie sie mir nachschauten, vielleicht fasziniert davon, wie wenig man durch Hose und Schuhe sah, dass mir der halbe Unterschenkel fehlte. Es war ein Spießruten-Lauf, trotz der übertriebenen Freundlichkeit in allen Gesichtern.

Ich war erleichtert, als ich meinen Schreibtisch erreicht hatte, und niemand mich bis dahin angesprochen hatte. Einen Moment lang fürchtete ich, sie könnten gleich alle aufspringen und eine Überraschungsfeier für mich abhalten. Aber nichts geschah. Auf meinem Schreibtisch lag lediglich eine Karte mit einem Willkommensgruß der Geschäftsleitung. Ich fuhr meinen Rechner hoch und musste einige Zeit überlegen, bis mir mein Passwort wieder einfiel. In den ersten Wochen im Krankenhaus hatte ich noch den Ehrgeiz gehabt, geschäftliche E-Mails zumindest noch mit einem Hinweis auf meinen unfallbedingten Ausfall zu beantworten. Irgendwann hatte ich mir diese Mühe nicht mehr gemacht. So war ich nun die vollen zwei Stunden damit beschäftigt, mich durch mein Postfach zu arbeiten. Zwischendurch kam Lennart kurz vorbei, legte mir eine warme Hand auf die Schulter und sagte: „Schön, dass du wieder da bist, Karl." Lennart hatte es –anders als sein Partner Lasse, den man kaum noch im Büro sah - immer verstanden, ohne viel Aufwand jedem Mitarbeiter das Gefühl zu vermitteln, unverzichtbar für die Firma zu sein. Und die Leute dankten es ihm mit vielen Überstunden, die auf keinem Stundenzettel auftauchten. Auch ich fühlte mich gleich wieder bereit, alles zu geben, damit der Laden lief. Tatsächlich war ich aber schon nach den zwei Stunden völlig erschöpft. Der Stumpf tat weh, ich hätte gerne die Prothese abgeschnallt, hatte aber Sorge um den Effekt, den das an den Nachbarschreibtischen und in den Sitzecken haben würde. Also riss ich mich zusammen. Seit ich Gabapentin einnahm, ein Mittel, das gegen meine Nervenschmerzen helfen sollte, obwohl es eigentlich gegen epileptische Anfälle entwickelt worden war, fiel es mir schwerer, mir Dinge zu merken; ich musste mir für jedes Telefonat, jede Anfrage zusätzliche Notizen machen, um nicht beim Folgetermin auf eine weiße Wand in meinem Kopf zu schauen.
Als ich das Büro verließ – es war zwar schon Ende September, aber die Luft war heiß und schwül, und ein Gewitter zog

herauf – war mir von der ungewohnten Anstrengung schwindlig, und ich musste auf dem Weg zur Straßenbahnhaltestelle mehrmals anhalten und mich stabilisieren. Ein umgebauter Firmenwagen war vorerst nicht für mich vorgesehen, stattdessen zahlte die Firma mir das Monatsticket. Zwar hätte Sylvia mir das Auto überlassen und wäre mit dem Fahrrad zum Amtsgericht gefahren, aber unser Auto hatte ein Schaltgetriebe, das kam für mich nicht mehr infrage. Bis wir das Auto verkauft und dafür eines mit Automatikgetriebe gefunden hätten, würde ich mir die Enge der Straßenbahn mit den Schülern und Geringverdienern dieser Stadt teilen müssen. An der Straßenbahnhaltestelle traf ich auf die neue Praktikantin, die ich schon während der ganzen zwei Stunden im Büro dabei beobachtet hatte, wie sie unsicher um Lennart herumschlich, der sich ihr hin und wieder sehr aufmerksam zuwandte, nur um sie im nächsten Augenblick wieder völlig zu ignorieren. Wie viele junge Frauen bei diesem Wetter hatte sich die Praktikantin sehr knapp gekleidet, sodass ich nicht recht wusste, wo ich hinsehen sollte, als wir uns grüßten. Außerdem war es mir peinlich, wie schweißgebadet ich von der kurzen Strecke zu Fuß war. Sie streckte mir ihre Hand hin, sagte, sie heiße Helena, studiere eigentlich BWL und mache während der Semesterferien ein Praktikum bei uns.
„Und Sie müssen der Karl Frantek sein!"
Sie strahlte mich regelrecht an.
„Ich habe schon von Ihnen gehört."
Ich bejahte und bat sie, mich wie alle in der Firma zu duzen.
„Das muss ja ein ganz schlimmer Unfall gewesen sein, den du gehabt hast!"
Ich nickte und sah an meiner Prothese hinab.
„Ich habe Glück gehabt, dass ich noch lebe."
So eine Standardphrase, aber ich war mir sicher, dass ich das in diesem Moment zum ersten Mal sagte, und vielleicht sogar zum ersten Mal dachte.
Sie sah mich mitleidig an.

„Bestimmt, aber das mit deinem Bein ist ja trotzdem ganz schön schlimm."

„Wie man's nimmt, zumindest schwitzt meine Prothese bei diesem Wetter nicht."

Sie lachte, als sei das ein wirklich guter Witz. Die Bahn kam, wir setzten uns gegenüber auf einen Vierer.

„Darf ich mal sehen", fragte sie, jetzt schon zutraulicher, und sah zu meinen Schuhen hinunter. Ich sah mich unwillkürlich nach weiteren Neugierigen um, bevor ich mein Hosenbein ein Stück hochzog.

„Krass."

Sie beugte sich zu der Prothese hinunter, und ich durfte die kleinen goldenen Härchen auf ihrem braungebrannten Nacken bewundern.

Wir plauderten noch ein wenig über die Firma, über Lennarts Charme und Lasses Bissigkeit, über das ungewöhnlich heiße Wetter im September, und ob das wohl mit dem Klimawandel zusammenhinge. Wie sehr mir gerade solche unbekümmerten Gespräche gefehlt hatten!

Nach wenigen Stationen waren wir am Hauptbahnhof angekommen, und dort trennten sich unsere Wege: sie musste nach Querenburg ins Wohnheim neben der Universität, ich mit dem Bus schon fast aus der Stadt hinaus ins reiche Stiepel. Meine Erschöpfung war wie weggeblasen, ich lief für meine neuen Verhältnisse fast leichtfüßig die paarhundert Meter bis zu unserem Haus. Ich war der Erste, der zurückkam. Nina war noch in der Schule, Sylvia bei Gericht. Ich machte mich ans Kochen, immer noch beschwingt von dieser Begegnung, der ersten mit einem erwachsenen Menschen, die mir mehr von Neugier als von Mitleid oder professionellem Interesse geprägt schien.

Alle zwei Wochen musste ich zwei Stunden länger am Tag arbeiten. Es fiel mir immer noch schwer, mich längere Zeit zu konzentrieren oder still zu sitzen. Mir blieb nichts anderes übrig, als immer wieder Pausen zu machen, kurz herumzugehen, und jedes Mal spürte ich die prüfenden Blicke der anderen auf mir. Ich sehnte mich zurück in den Außendienst, in mein altes Einzelkämpfer-Dasein, die vielen unbeobachteten Stunden im Auto.

Wenn ich von der Arbeit nach Hause kam, war ich meistens so erschöpft, dass ich nur noch dasitzen und an die Wand starren konnte. An Lesen war nicht zu denken, Musik störte mich, selbst Fernsehen war mir zu viel. Manchmal überredeten Sylvia und Nina mich zu einem Gesellschaftsspiel. Ich spielte ohne teilzunehmen, wie ein Roboter. Meistens hatten dann auch die beiden anderen schnell keine Lust mehr.

Als es kälter und dunkler wurde, und schließlich auch der Herbst sich dem Ende zuneigte, konnte ich zwar Witze darüber machen, dass ich jetzt nur noch *einen* kalten Fuß bekommen konnte, aber in Wirklichkeit graute mir vor dem Winter. Der Stumpf brauchte Wärme; wenn es kalt war, entfachte er sein eigenes Feuer.

Teil 2

1.

Ich hatte noch drei Wochen Resturlaub durch die lange Krankheit, die verfallen würden, wenn ich sie nicht bis zum Jahresende nähme. Als ich noch überlegte, was ich mit dieser geschenkten Zeit anfangen sollte, rief Günther an. Wir waren tatsächlich in Kontakt geblieben. Er war fast zeitgleich mit mir in die Arbeitsbelastungserprobung gegangen, und wir hatten uns gegenseitig ermutigt, auch an harten Tagen dran zu bleiben. Diesmal aber rief er an, um mir einen Vorschlag zu machen. Ich kam gerade aus der Dusche und fast wäre ich, einbeinig hüpfend wie ich war, auf den feuchten Fliesen ausgerutscht, als ich durch die Badezimmertür nach dem Telefon auf der Ablage im Flur griff. Ich hatte Günther bei unserem letzten Telefonat von meinem Resturlaub erzählt, und er schlug vor, ich könne ihn auf einer längeren Fahrt in die Türkei begleiten. Er plante die Gelegenheit zu nutzen, um Kemal zu besuchen, der angekündigt hatte, den größten Teil des Winters auf seiner Baustelle am Schwarzen Meer verbringen zu wollen. Ich zögerte einen Augenblick, dann sagte ich zu. Sollte es tatsächlich einmal wieder ein Abenteuer in meinem Leben geben? Bis zu Ninas Geburt hatte ich mich immer gerne auf ungewisse Unterfangen eingelassen, aber das erschien mir mittlerweile sehr weit weg.
Sylvia war wenig begeistert. Sie hatte eher auf Unterstützung im Haushalt gehofft, als ich ihr von dem vielen Resturlaub erzählt hatte. Lennart sah ebenfalls säuerlich drein, als ich den Urlaubsantrag bei ihm einreichte. Er schien gehofft zu haben, ich würde den Urlaub freiwillig verfallen lassen. Er jammerte über das kaum zu schaffende Arbeitspensum in der Vorweihnachtszeit, als hoffe er, mich noch umstimmen zu können. Ich dachte da schon längst nur noch an den bevorstehenden Roadtrip in wärmere Gefilde und an das Wiedersehen mit meinen beiden Leidensgenossen; die viele Arbeit dagegen, die – schon wieder – liegenblieb, war mir ziemlich egal.

2.

Samstag früh sollte es losgehen. Am Freitag versuchte ich noch, so gut es ging, meinen Schreibtisch zu leeren. Als ich das Büro verließ, war es dunkel, es hatte geregnet und die Pfützen, die das grelle weiße Licht der neuen LED-Sraßenlaternen spiegelten, sahen aus wie mit Eis überzogen. Sehnsüchtig dachte ich an das warme Orange der alten Straßenbeleuchtung zurück, die nachts der ganzen Stadt etwas Magisches gegeben hatte, und nun nach und nach durch das energiesparende LED-Licht ersetzt wurde. Ich freute mich schon darauf, bald wieder durch Orte zu fahren, in denen das neue Jahrtausend sich noch nicht so breit gemacht hatte wie bei uns. Als ich nach Hause kam, war niemand da. Nina hatten wir bei ihrer Lieblings-Übernachtungsfreundin Lea ausquartiert. Deren Mutter hatte ihre beruflichen Ambitionen aufgegeben und brachte den Kindern beim Spielen immer Teller mit kleingeschnittenem Obst und Süßigkeiten ins Zimmer. Das Klappbett, in dem Nina dort neben Lea schlief, war immer frisch bezogen und das Bettzeug duftete nach Zimt – ganz anders als bei uns, fand Nina. Sylvia war auch noch nicht zurück, eher untypisch, an einem Freitag. Wahrscheinlich schmollte sie noch. Ich holte meinen zerschlissenen Wanderrucksack aus dem Keller. Bevor ich ihn befüllen konnte, musste ich den Putz, der über die Jahre auf ihn herabgerieselt war abklopfen. Ich versuchte, den muffigen Kellergeruch auf der Terasse aus dem Rucksack herauszuschütteln. Dabei fiel ein Zettel aus dem oberen Fach. Darauf hatte ein Schweizer, den ich in einem Hostel in Casablanca kennengelernt hatte, seine Adresse geschrieben. Es war sein letzter Abend gewesen, und er hatte mir seinen Reiseführer vermacht, mit der Bitte, ihm den zurückzuschicken, wenn ich ihn nicht mehr brauchte. Das hatte ich lange machen wollen und irgendwann komplett vergessen. Jetzt packte mich noch einmal kurz das schlechte Gewissen, und ich überlegte ernsthaft, nach dem völlig veralteten Reiseführer zu suchen und ihn mit einem Gruß an wiedergefundene Adresse zu schicken. Gleich darauf kam ich mir albern und sentimental vor. Der Rucksack war immer noch der gleiche, mit dem ich während des Studiums in Zügen und Bussen und manchmal auch per Anhalter durch Griechenland, Italien, Frankreich, Spanien, Portugal und eben Marokko gereist war. Damals war ich auch manchmal auf Sattelzügen mitgefahren. Ich fragte mich, ob auch Günther seine Fahrerkabine mit Pin-up-Bildern, Lichterketten und Heiligenbildchen, wie sie in meiner Erinnerung an jene Zeit aufschienen, dekoriert hatte. Ich dachte zurück an eine besonders skurrile Begegnung mit einem Fahrer, der mitten auf der Autobahn eine Margarinepackung aus seiner Kühlbox geholt hatte, sie geöffnet, mit bloßen Fingern ins Fett gegriffen und einen schwarzen Haschischklumpen ausgebuddelt hatte, aus dem ich ihm eine Tüte bauen sollte. Er hatte mir triumphierend erklärt, dass die Margarine den Haschischgeruch vor den Nasen der Zollhunde verberge. Ich hoffte, dass Günther über solche postpubertären Machenschaften erhaben wäre. Ich stopfte vor allem bequeme Sachen in den Rucksack, aber sicherheitshalber packte ich noch ein bügelfreies Hemd und einen Sakko dazu. Man weiß ja nie.

Als Sylvia endlich nach Hause kam, war ich längst mit dem Packen fertig. Sylvia sah blass und erschöpft aus. Als ich fragte, ob alles in Ordnung sei, sagte sie mir, ich solle sie bitte in Ruhe lassen, sie brauche erst einmal ein bisschen Zeit für sich, um runterzukommen. So schroff war sie sonst selten. Sylvia verzog sich ins Schlafzimmer, während ich die Bücherregale im Wohnzimmer nach der passenden Reiselektüre absuchte. Mein Blick hielt kurz bei Jack Kerouac inne, aber das schien mir doch zu plakativ. Auf „Tschick" hätte ich noch einmal Lust gehabt, aber das war zu kurz für eine so lange Fahrt. Am Ende entschied ich mich für Orhan Pamuks „Schnee", das schien mir am passendsten für eine Reise in die türkische Provinz.

Günther hatte mir einen Screenshot geschickt, der die geplante Route auf einer Europakarte zeigte, und mir am Telefon seinen Plan erläutert: wir wären voraussichtlich sieben Tage von Duisburg nach Istanbul unterwegs, vorbei an Wien, Budapest, Belgrad und Sofia. In Istanbul würden wir unsere Fracht – Autoteile – löschen. Günther hatte ausgehandelt, dass uns dann drei Tage vor Ort blieben, während derer wir Kemal in seinem halbfertigen Haus an der Schwarzmeerküste, gut vier Autostunden von Istanbul entfernt, besuchen würden. Dann ginge es, diesmal mit Elektronik beladen, auf der gleichen Route zurück ins Ruhrgebiet. Von den geplanten Transitländern hatte ich Sylvia Serbien verschwiegen, darauf vertrauend, dass ihr die Topographie Südosteuropas nicht hinlänglich vertraut war. Ich war mir sicher, wenn sie Serbien hörte, würde sie sich noch mehr Sorgen machen; dabei war das Land wahrscheinlich genauso sicher oder unsicher, je nach Sichtweise, wie seine Nachbarländer – das Bild des Landes blieb geprägt durch die Erinnerung an die vielen Berichte über Kriegsverbrechen. Ähnlich musste es Reisenden früher mit Deutschland gegangen sein. Ich überlegte noch kurz, ob ich „Schnee" nicht noch durch eines der Serbienbücher von Peter Handke austauschen sollte, blieb dann aber bei meiner ursprünglichen Wahl.

3.

Als ich am nächsten Tag aufbrechen wollte, war Sylvias Schmollen einer ernsten Sorge gewichen. Sie hielt die Reise immer noch für eine Schnapsidee. Günther und Kemal waren ihr bei ihren Besuchen suspekt gewesen. Sie schien gehofft zu haben, dass es sich mit unserer Skatrunde nach dem Krankenhaus erledigt haben würde. Sie fürchtete Günthers Anrufe, auf die manchmal Treffen folgten, von denen ich jedes Mal sturzbetrunken nach Hause kam. Einmal hatte mich Günther auch mitten in der Nacht betrunken angerufen und mir von einer Schlägerei erzählt, bei der er Seite an Seite mit seinem Sohn Isko eine Gruppe Libanesen in die Flucht geschlagen habe. Er hatte geweint am Telefon, die Schmerzen in seiner Hand seien wieder so stark, seitdem, und er hatte geklagt, dass er ohne seinen Sohn verloren gewesen wäre. Und Sylvia war von dem Telefonat aufgewacht und wütend geworden. Sylvia versuchte noch einmal, mich zu überzeugen noch abzusagen, aber sie spürte meine Entschlossenheit, strich mir noch einmal über die Wange wie einem trotzigen Teenager, und ging kopfschüttelnd ins Haus zurück.

Die ungewohnte Last des Rucksacks drohte mich immer wieder aus dem Gleichgewicht zu bringen, während ich erst mit dem Bus, dann mit der Straßenbahn in aller Frühe durch die feuchte Novemberdunkelheit zu Günther nach Gelsenkirchen fuhr. Saya und er lebten in einem der Sechzigerjahre-Mietshäuser, die sich, wie in so vielen deutschen Industriestädten, in Gelsenkirchens Peripherie aneinanderreihten, mit langweiligen Grünstreifen, verwaisten Sandkästen und rostigen Gestängen für Wäsche, die kaum noch jemand nutzte. Immerhin: die Wohnung war geräumig und hatte einen Balkon, zu dem kaum Straßenlärm empordrang, und sie kostete wenig Miete. „Was will man mehr?", fand Günther.

Ich war froh über das Metallgeländer mit dem roten kunststoffbeschichteten Handlauf, an dem ich mich mit meinem Rucksack emporziehen konnte, während der Blick auf den Waschbeton der Stufen meinen Dauerschwindel eher noch verstärkte. Ich wischte pflichtbewusst meine Sohlen an der Türmatte in Form eines lächelnden Igels mit einer schwarzen Kugelnase ab. Saya öffnete im Morgenmantel. Unfrisiert und ungeschminkt ähnelte sie ein wenig dem Igel, an dem ich mir gerade die Schuhe abgestreift hatte. Sie begrüßte mich freundlich wie immer. Aus der Wohnung drängte der Zigarettendunst hinaus in den unbeheizten Flur. Sie bat mich hinein und in die Küche. Am Aschenbecher auf der Wachstuchdecke schwelte noch der Rest ihrer Morgenzigarette. Günthers Zigarette lag bereits ausgedrückt auf der feinen weißen Ascheschicht, die kein Ausklopfen mehr vom Boden des schwarzen Aschenbechers lösen konnte. Zwei benutzte geblümte Tassen ohne Untersetzer und ein Süßstoffspender zeugten noch von einem spartanischen Abschiedsritual. Ohne zu fragen stellte Saya eine weitere Tasse dazu, nahm die gläserne Kanne aus der alten Filterkaffeemaschine, machte meine Tasse voll und füllte ihre nach. Sie lud mich ein, auf einem der beiden Metallstühle am Küchentisch Platz zu nehmen. Ich freute mich, die heiße Tasse zwischen meine Hände nehmen zu können. Ich war so viel kälteempfindlicher geworden seit dem Unfall. Vor allem das feuchte Spätherbst-Wetter machte auch meinem Stumpf zu schaffen. Daran konnten auch die Medikamente nichts ändern. Mittlerweile konnte ich die Rentner, die es nach Süden zog, erschreckend gut verstehen. Der Kaffee war mir eigentlich zu stark. Ich wartete vergeblich auf die übliche Milch-/Zuckerfrage. Zu Süßstoff konnte ich mich nicht überwinden. Saya hatte ihren Zigarettenrest noch einmal aus dem Aschenbecher genommen, obwohl kaum ein Zentimeter bis zum Filter blieb. Sie sog den Rest in einem Zug weg und blies den Rauch durch die Nasenlöcher aus. Nebenan ging die Klospülung. Den Wasserhahn hörte ich nicht. Im nächsten Augenblick hatte ich Günthers gesunde Hand auf der Schulter. „Gut, dass du pünktlich bist", sagte er. Er deutete auf meinen Rucksack, „ist das dein ganzes Gepäck?" Ich nickte. „Das ist gut", sagte er, „dann lass uns aufbrechen." Er strich Saya wie einem Kind über den Kopf und sagte leise: „Ciao, Baby." Saya hielt ihre Kaffeetasse fest und sah weiter aus dem Fenster. „Sie hasst es, wenn ich wegmuss", sagte Günther, als wir im Treppenhaus waren. „Kann ich verstehen", sagte ich, „meine Frau hat auch ziemlich sparsam geschaut, dabei ist es bei mir nur dieses eine Mal." - „Ach, wer weiß", sagte Günther, „wahrscheinlich steigen sie jedes Mal auf den Tisch und tanzen, wenn erstmal die Tür hinter uns zu ist."

4.

Günther fuhr einen Opel Meriva, das hässlichste Auto der Welt, wie er es nannte, aber es passe viel hinein. Wie alles, mit dem Günther in Berührung kam, roch auch das Innere des Autos nach kaltem Rauch. Daran änderte auch der Duftbaum am Rückspiegel nichts. Die Vorstellung, dass es in seiner Fahrerkabine nicht anders sein würde, ließ mich noch ein letztes Mal zögern, ob ich ihn wirklich begleiten wollte. Der Weg zum Firmensitz war zum Glück kurz. Vom Personalparkplatz aus mussten wir noch ein ganzes Stück zu Fuß zu der großen Asphaltfläche, auf der sich eine eindrucksvolle Zahl an riesigen völlig gleich aussehenden Sattelzügen reihte. Die Schlepper waren blau lackiert und auf beiden Türen mit dem Firmenlogo verziert. Es waren allesamt Vierzigtonner, wie Günther mir erklärte, zwei Achsen am Schlepper, zwei am Aufleger, jede mit maximal 11,5 Tonnen belastbar, europäischer Standard. „Irgendwie hatte ich mir deine Firma anders vorgestellt", sagte ich zu Günther, „kleiner, familiärer…". Er schüttelte den Kopf. „Ist schon ganz gut in einem so großen Laden zu arbeiten", sagte er, „die achten mehr darauf, dass die Regeln eingehalten werden, und die können auch einem Krüppel wie mir mal entgegenkommen." Ich hasste es, wenn er sich selbst als Krüppel bezeichnete, ich wollte nicht, dass wir uns so sahen. Andererseits dachte ich: wenn uns einer so nennen darf, dann wir selber.

Die Flotte war gerade erst erneuert worden, das sah man. Statt eines vergilbten Trucker-Idylls bestiegen wir eine Kabine, die eher der Kommandobrücke eines Raumschiffs glich. „Die Dinger fahren sich heutzutage fast von alleine", sagte Günther. Rauchen war im Innenraum verboten, ich war erleichtert. Die Sitze waren so bequem und gefedert, dass ich am liebsten gleich sitzen geblieben wäre, um mich von Günther ins erste Morgengrau hinaus kutschieren zu lassen. Wir mussten aber erst noch ins Büro. Wir verstauten das Gepäck hinter den Sitzen und liefen um große Pfützen herum hinüber zu einer Art Hangar aus gewelltem Aluminium, in dem der ältere Teil des Fuhrparks untergebracht war, Siebeneinhalbtonner und Transporter vor allen Dingen. Im hinteren Teil der Halle ließ sich eine Werkstatt erahnen. Die Büros waren in Containern gleich neben dem Fußgängereingang untergebracht. Die Sekretärin, mit der Günther sprach, hatte rot gefärbte Haare und trug eine Brille mit Goldrand, die zu groß für ihr schmales zerfurchtes Gesicht erschien. Der Aschenbecher auf ihrem Schreibtisch quoll über. Ich fragte mich, ob es möglich war, so früh am Morgen schon so viele Zigaretten geraucht zu haben, oder ob noch andere sich zu ihr gesetzt und mitgeraucht hatten, oder ob sie den Aschenbecher einfach nicht so oft leerte. Ihre Stimme klang so tief und knarzend, dass ich mich für Variante A entschied. Ich musste mehrere Erklärungen unterschreiben, damit ich im Falle eines Unfalls keine Rechtsansprüche an die Firma würde geltend machen können, und mich strafbar machte, wenn ich Informationen über die Firma oder deren Kunden an Dritte weitergäbe. Die Sekretärin sah mich prüfend an, während ich die Erklärungen überflog. Ich konnte mir gerade noch den Waschmaschinen-Spruch verkneifen. Als ich unterschrieben hatte und schon dabei war hinauszuhumpeln, fragte sie mich noch, was denn mit meinem Bein sei. Statt zu antworten, lächelte ich sie an und zog das Hosenbein weit genug hoch, dass sie die Prothese sehen konnte. „Oh, das tut mir leid", sagte sie. Während Günther die restlichen Formalitäten erledigte, spazierte ich ein bisschen durch die Halle, in der auch früh am Samstagmorgen schon erstaunlich viele Menschen arbeiteten. In Stiepel kannte man solche Arbeitszeiten nur bei Ärzten. Das große Tor war zur Hälfte geöffnet, die Fahrzeuge kamen und gingen. Gelegentlich traf mich ein neugieriger Blick, einige der Fahrer und Mechaniker grüßten mich auch. Die meisten von ihnen sahen blass und müde aus; das kalte Neonlicht verstärkte diesen Eindruck noch.

5.

Günther stellte mir Eugen vor, einen kleinen unruhigen Mann, dessen junges Gesicht damals noch nicht zu dem zerknitterten

Bild passte, das ich mir von LKW-Fahrern gemacht hatte, und dem Günther so exakt entsprach. Auch konnte ich mir Eugen kaum stundenlang mehr oder weniger reglos am Steuer sitzend vorstellen, so zappelig, wie er wirkte. Und dennoch: Günther schien Eugen zu mögen, und ich verstand, warum; die beiden waren vom gleichen freundlichen Wesen, dem die Schwere des Morgens nichts anzuhaben vermochte. Eugen würde gemeinsam mit uns aufbrechen und bis Wien auf der gleichen Strecke bleiben. Günther freute das, ich freute mich für ihn. Günther und Eugen rauchten noch eine Zigarette am Eingang der Halle, dann gingen wir hinüber zu den Sattelzügen.
Wir stiegen ein, die pneumatisch gefederten Sitze zischten, und das Armaturenbrett leuchtete auf, als Günther den Chip, der den Zündschlüssel ersetzt hatte, vor den zugehörigen Sensor hielt. Wir rollten vom Hof, Eugen in einem identischen Schlepper hinter uns her. Das Gitter öffnete sich von selbst, ich fragte mich, ob durch einen weiteren Sensor, oder weil wir noch von irgendwem beobachtet wurden. Als es sich hinter uns schloss, atmete ich auf; es war das gleiche Gefühl, das ich vor meinem Unfall immer gehabt hatte, wenn ich die Firma für einen Außentermin verließ, mit der köstlichen Aussicht auf unbeobachtete Stunden, auf gute Musik und schweifende Gedanken. Günther grinste mich an, er schien etwas Ähnliches zu denken. Das verband uns offenbar, diese Freude am unbeaufsichtigten Arbeiten. „Gut, oder?" Mehr sagte er nicht dazu. Bis Duisburg, wo wir unsere Fracht aufnehmen sollten, waren die Straßen noch dunkel und wenig befahren. Als wir an der Ladezone des Autoteile-Herstellers rangierten, graute bereits ein Morgen, der grau zu bleiben versprach. Ich blieb im Nieselregen auf der nächsten trostlosen Asphaltfläche stehen und sah zu, mit welchem instinktiven Geschick Günther mit dem Gabelstapler hantierte, ein Maschinenmensch durch und durch. Das Wort Entfremdung, das ich als Student noch so gerne in den Mund genommen hatte, schien mir hier fehl am

Platz. Verschmelzung traf es besser. Ich wollte mir lieber nicht vorstellen, wie es aussehen würde, wenn *ich* versucht hätte, die Ware mit dem Gabelstapler zu verladen. Ich dachte an den Kurzfilm „Gabelstaplerführer Klaus" und fragte Günther, ob er den kenne. Er hatte noch nie von dem Film gehört. Aber auch so hatte er mir von vorneherein verboten mit anzufassen. „Wegen der Versicherung", sagte er, „und außerdem hast du Urlaub." Dabei hätte ich mich wohler gefühlt, wenn ich hätte mit anpacken können. So kam ich mir wie Ballast vor und spürte, dass mich auch die Arbeiter in der Ladezone als solchen ansahen.

Ich war froh, als es endlich richtig losging. Durch die Fracht war unser Sattelzug viel träger geworden, ich spürte, wie der Motor zu unseren Füßen richtig arbeiten musste. Trotzdem blieb es leise in der Kabine. Mir kam es vor, als schwebten wir über dem lächerlichen PKW-Verkehr unter uns. Und wehe dem Spielzeuggefährt, das uns zu nahe kam! Eugen blieb immer dicht hinter uns. Niemand kam auf die Idee, sich zwischen uns zu drängen. Am meisten Spaß schien es Günther zu machen, andere, meist ältere Lastwagen, oft mit osteuropäischen Kennzeichen, zu überholen. Eugen scherte immer unmittelbar nach uns aus, und dann arbeiteten wir uns gemeinsam Zentimeter um Zentimeter an den anderen vorbei, während die Autoschlange im Rückspiegel wuchs. Niemand hätte es gewagt, uns mit der Lichthupe zu bedrängen, wir waren die Herren der Straße. Ich hatte auf meinen Anhalter-Touren immer wieder Fahrer erlebt, die sagten, dass sie sich keinen anderen Beruf mehr vorstellen konnten. Damals hatte mich das befremdet. Ich verstand nicht, was so toll daran sein sollte, tagein tagaus allein auf der Autobahn unterwegs zu sein. Aber jetzt, hier mit Günther, der über die Freisprechanlage mit Eugen witzelte, und dem die Zufriedenheit mit diesem Leben aus jeder Pore stieg, steckte mich sein Enthusiasmus an. Das Hochgefühl hielt noch an, als wir an die erste Baustelle kamen. Bis wir über die Grenze nach Bayern hinüberfuhren, folgten noch vier weitere Baustellen mit zäh fließendem Verkehr. Während das ständige Anfahren und Abbremsen Günthers Laune nicht zu trüben schien, fühlte ich mich schon nach den ersten vier Stunden zermürbt; ich hatte mehr als genug von Leitplanken, Lärmschutzwänden, gelben Straßenmarkierungen und rotweißen Pollern, vorbeiziehenden Autos und lässig grüßenden Truckern.

Bei Würzburg waren viereinhalb Stunden Lenkzeit um, die Zeit drängte für die Mittagspause, fünfundvierzig Minuten schrieb die EU vor; und der elektronische Fahrtenschreiber überwachte das unerbittlich. Eugen schwenkte neben uns auf dem Parkplatz im hinteren Teil der Raststätte ein. Im Nu hatten die beiden einen Esstisch und drei Stühle zwischen den beiden Lastwagen aufgestellt. Beide waren sie von ihren Frauen reichlich mit Essen versorgt worden, sodass bald russische neben philippinischen Leckereien auf dem Tisch standen: Chicken Adobo neben Pelmeni, Reis-Dampfnudeln neben Rote-Beete-Salat. Das war viel besser als die befürchtete Bockwurst mit Kartoffelsalat für einen Preis, für den man woanders ein Entrecôte mit Rosmarinkartoffeln bekommt. Zwischen den beiden Lastwagen waren wir einigermaßen vor dem schneidenden Wind geschützt, und die schräge Sonne wärmte sogar noch ein wenig. Eugen hatte auch noch gesüßten Tee in einer Thermoskanne dabei. Für einen Samowar reiche die Pausenzeit leider nie, entschuldigte er sich.

Die halbe Stunde war schnell vorbei, und das Campingmobiliar rasch verstaut. Kaum dass wir wieder auf unseren rundum gefederten Sitzen thronten, war ich auch schon eingeschlafen. Als ich wach wurde, waren wir schon am Grenzübergang in Passau. An Günther konnte ich immer noch kein Zeichen von Müdigkeit entdecken. Das erschien mir beinahe unheimlich. Ich fragte mich, ob er irgendwelche Aufputschmittel nahm, aber eigentlich konnte ich mir das bei ihm nicht vorstellen.

6.

Wir begleiteten Eugen noch bis in ein Industriegebiet am Rande Wiens. Dort löschte er seine Fracht. Er wollte noch am selben Abend ein Stück des Rückwegs hinter sich bringen, und dann bei Verwandten in Süddeutschland übernachten. Wir hatten die Erlaubnis, die nächsten beiden Nächte auf dem Firmengelände zu verbringen. Von dort aus fuhr einmal in der Stunde ein Bus bis zur Ringstraße, der letzte um einundzwanzig Uhr. Für einen abendlichen Ausflug in die Stadt war es damit zu spät. Wir aßen an einer Imbissbude mitten im Industriegebiet und gingen früh schlafen.

Ich war froh über das Sonntagsfahrverbot, das uns einen freien Tag in Wien ermöglichte. Schnell wurde klar, dass sich unsere Vorstellungen von so einem freien Tag kaum überschnitten. Haydn, Schubert, Mahler, Klimt, Schiele, Kraus oder Freud waren einfach nur irgendwelche Nachnamen für Günther; er wäre nie auf die Idee gekommen, das Burgtheater zu besuchen oder den Stephansdom, bei Jugendstil fiel ihm Hip-Hop ein, bei den Wiener Philharmonikern wäre er vermutlich nach fünf Minuten eingeschlafen, und den Spuren der Judenverfolgung ging er auch lieber nicht nach. Worauf wir uns einigen konnten, nachdem ich ihm aufgezählt hatte, was ich in Wien für sehenswert hielt, das waren Naschmarkt, Heurige und Prater. Wir beschlossen also, zusammen auf dem Naschmarkt zu frühstücken, danach bis zum späten Nachmittag getrennter Wege zu gehen, dann einen gemeinsamen Spaziergang über den Prater zu machen, und uns anschließend einen Heurigen für das Abendessen zu suchen. Ich schaffte es in meinen freien Stunden tatsächlich, mir in einem Lunchkonzert das erste von Haydns Russischen Quartetten - gespielt von Mitgliedern der Wiener Symphoniker -anzuhören, und im Kunsthistorischen Museum ein langersehntes Wiedersehen mit Bruegels „Turmbau zu Babel" und Vermeers „Malkunst" zu feiern (vor letzterer hatte Sylvia zehn Jahre zuvor meinen begeisterten Vortrag über die Perfektion, mit der Vermeer

Oberflächenstrukturen imitierte, durch einen überraschenden ersten Zungenkuss abgewürgt). Ich fuhr mit der Straßenbahn zum Prater. Es war das erste Mal seit dem Unfall, dass ich mich ungehemmt kulturellen Genüssen hingegeben hatte, und das auch noch in der Stadt, in der ich das glücklichste Jahr meiner Studentenzeit verbracht hatte. Ich war noch ganz beseelt davon, als ich Günther wieder traf, der mich prompt fragte, ob ich im Puff gewesen sei – so zufrieden habe er mich noch nie gesehen. Er schien mir nicht zu glauben, dass dieser Zustand lediglich durch ein Konzert und ein paar alte Bilder herbeigeführt worden war. Nachdem wir uns eine Weile am Anblick glücklicher Familien und um deren Aufmerksamkeit buhlender Schausteller am Prater erfreut hatten, fanden wir beide, dass es höchste Zeit für den Heurigen war. Wein war nicht Günthers Sache, er trank ihn in großen Schlucken und schüttelte sich eher danach, als dass er den Verästelungen nachschmeckte, aber die zünftige Bedienung und die lachenden Menschen an den Nachbartischen, das gefiel ihm. Wir blieben lange, tranken viel und aßen wenig. Am Ende spendierte ich uns ein Taxi zurück zu dem Firmengelände. Ich spürte die Nervosität des Taxifahrers, der wenig Deutsch sprach, das aber mit breitem Wiener Akzent. Zwei betrunkene Deutsche, davon einer ein Hüne mit wildem Blick und dilettantischen Tätowierungen auf den Unterarmen, ließen sich in ein abgelegenes Gewerbegebiet fahren, das verhieß nichts Gutes. Er sprach immer wieder über Funk mit einem Kollegen in einer Sprache, deren Klang ich keinem Land zuordnen konnte. Ich saß hinten und sah im Rückspiegel, wie seine Augen immer im Wechsel zu Günther, der neben ihm den Beifahrersitz mehr als ausfüllte, und mir wanderten. Er schien auf ein Zeichen zu warten, das unsere bösen Absichten verriet. Als wir vor dem Werkstor anhielten, sprang er noch vor uns aus dem Wagen und sah sich um. Als ich mein Portemonnaie zückte, sah ich, wie auch er in seine Jacke griff, und ich fürchtete schon mich gleich in einer Pfefferspray-Wolke zu winden. Als ich ihm dann einfach das Geld hinhielt und dabei den Betrag auf dem Taxameter großzügig aufrundete, entspannten sich seine Züge kurz. Dann aber griff er ein wenig zu hastig nach dem Geld, bedankte sich knapp und saß im nächsten Augenblick wieder am Steuer und wendete. Günther kramte umständlich in seinen Taschen nach dem Zettel, auf dem er sich den Code für das Werkstor notiert hatte. Als er ihn schließlich fand, hatte er Mühe seine eigene Schrift zu lesen, und es brauchte drei Anläufe, bevor sich das Tor quietschend öffnete und den Weg zu unserem Sattelzug freimachte. Orangene Laternen, an die ich noch an meinem letzten Arbeitstag so sehnsüchtig gedacht hatte, tauchten das ruhende Firmengelände in warmes Licht, das bis in unsere Kojen drang. Im Einschlafen kamen mir davon die Erinnerungen an frühe Nachtfahrten mit meinen Eltern zu Verwandten nach Masuren, durch menschenleere Ortschaften mit fremden Namen, die oft in dem gleichen warmen Licht dalagen, stumm und ungerührt vom Tuckern des alten Dieselmotors.

7.

Am nächsten Mittag schon wälzten wir uns im Blechstrom auf einer überfüllten Tangente an Budapest vorbei. Alles, was zwischen Österreich und Griechenland lag, waren für mich Länder, die ich nur aus Büchern, Artikeln und Nachrichtensendungen kannte. Ich war aufgeregt, obwohl es mit den touristischen Erkundungen fürs Erste vorbei war. Neu waren nur die fremden Worte und Namen auf den Autobahnschildern und die nachlassende Qualität des Straßenbelags außerhalb der von der EU subventionierten Streckenabschnitte. Auch die Fahrzeuge auf den zahlreichen Baustellen ähnelten jenen aus Deutschland. Die Pflanzen an den Böschungen wirkten aber schon trockener, südlicher.

Für die Nacht steuerten wir einen Rastplatz nahe der serbischen Grenze an. In der Schlange des Restaurants, wo wir uns mit – was sonst? – Gulasch eindeckten, kam Günther mit zwei ukrainischen Fahrern ins Gespräch, und sie luden uns ein, noch ein bisschen bei ihnen zu sitzen. Ich verstand etwas von dem, was sie untereinander sprachen, weil meine Großeltern immer Polnisch mit mir gesprochen haben. Die Sprachen ähneln sich. Ich hatte den Eindruck, dass sie sich über uns lustig machten, über Günthers Krallenhand und mein Hinken. Vielleicht hatte ich sie auch nicht richtig verstanden. Auf jeden Fall hatte ich bald keine Lust mehr, noch draußen in der Kälte mit ihnen um ihren kleinen Ethanolofen zu sitzen und mir ihre Ausführungen anzuhören, über die Qualitäten von Frauen unterschiedlicher Nationalitäten und über die verweichlichten Schwuchteln, die in Westeuropa alles bestimmen würden. Günther dagegen hatte offenbar kein Problem mit solchen Ansichten, auch wenn er selbst sich nicht so äußerte. Er schien Aufmunterung zu brauchen, nachdem Eugen uns verlassen hatte, und lachte selbst bei den ekelhaftesten Sprüchen mit. Ich verabschiedete mich und ging zum Lastwagen. Nach dem langen Sitzen fühlte ich mich steifer als gewöhnlich. Nachdem ich mich vergewissert hatte, dass niemand mich sah, machte ich noch ein paar Dehnübungen an der Beifahrertür. Sylvia hatte mir geschrieben und gefragt, ob ich meine Entscheidung schon bereute. Ich war versucht zu bejahen, aber diesen Triumph wollte ich ihr nicht gönnen. Ich stieg in meine Koje über den Sitzen, nahm die Prothese ab und kroch in meinen Schlafsack. Ich versuchte, noch ein bisschen Orhan Pamuk zu lesen, aber mir fielen die Augen zu. Seltsam, dachte ich noch, dabei habe ich heute so gut wie nichts gemacht.
Ich konnte noch nicht lange geschlafen haben, als mich eine Erschütterung weckte. Im ersten Augenblick wusste ich nicht, wo ich war und stieß im Hochfahren mit dem Kopf an das Dach der Kabine. Ich hatte sofort ein ungutes Gefühl. Ich ließ mich sachte hinunter auf meinen Sitz gleiten und sah mich

um. Durch die Fenster sah ich den nächtlichen Rastplatz ruhig daliegen. Die Stellplätze um uns her waren alle von anderen Lastwagen belegt. Drüben auf dem Autoparkplatz standen nur wenige Fahrzeuge. Dahinter schimmerte rot die Tankstelle. Ich sah in den Rückspiegel. Da stand ein dunkel gekleideter Mensch weit hinten am Ende unseres Auflegers, sah sich prüfend um und sprach mit jemandem, der noch weiter hinten stehen musste. Es war nicht Günther, da war ich mir sicher. Ich fischte mein Telefon aus der Koje über mir und rief Günther an. „Karl", fragte er verwundert, „schläfst du noch gar nicht?" – „Da macht sich jemand an unserer Fracht zu schaffen", flüsterte ich. „Was?", rief Günther - ich glaubte zu hören, wie er aufsprang. „Soll ich die Polizei rufen?", fragte ich. „Warte, wir kommen", sagte Günther. Seine mächtige Silhouette tauchte zwischen zwei Lastwagen auf, gefolgt von zwei weiteren, wahrscheinlich den beiden Ukrainern. Ich beeilte mich, meine Prothese umzuschnallen. Draußen hörte ich Geschrei, stark gedämpft durch die Schallisolierung der Fahrerkabine. Ich hatte Schwierigkeiten, in der Enge der Kabine meine Prothese richtig zu justieren. Als ich endlich soweit war, und über die Beifahrertür ausstieg, war es draußen schon wieder still. Ich sah niemanden. „Günther", rief ich – „Hier hinten", kam es vom Ende unseres Zuges - 16,5 Meter, das hatte ich mir gemerkt – zurück. Günthers Oberkörper tauchte hinter dem Aufleger auf. Er winkte mir zu. Es wehte ein eisiger Wind. Ich hatte mir noch meine Winterjacke übergeworfen, trug darunter aber nur T-Shirt und Shorts, in die der Wind kroch. Die Prothese war in ihrer ganzen Künstlichkeit zu sehen; und ich bemerkte, wie die beiden Ukrainer zurückwichen, als sie mich sahen.

„Die wollten tatsächlich bei uns einbrechen", sagte Günther, und zeigte mir die Spuren, die das Brecheisen an den Schlössern hinterlassen hatte. „Dreiste Bande." Er schüttelte ungläubig den Kopf. Die Ukrainer nickten zustimmend. „War das nicht ein bisschen gefährlich?", fragte ich, „die hätten doch auch bewaffnet sein können." – „Ach", sagte Günther, „Gewalt ist schlecht für deren Geschäft." – „Und wenn sie mit Verstärkung wiederkommen?", wollte ich wissen. „Ach was", sagte Günther, „die kommen nicht wieder, die versuchen es jetzt woanders."

8.

Ich war nicht überzeugt. Günther ließ sich immerhin noch erweichen, der Polizei den Vorfall zu melden. Die kamen auch irgendwann, und ließen sich alles, so gut es ging, auf Englisch erzählen und die Einbruchsspuren zeigen, aber keiner schien auch nur im Entferntesten zu glauben, dass man die Diebe fassen könne. „Das sind gut organisierte Banden", erklärte mir Günther, „keine Chance, die zu verfolgen." Günther legte sich hin und schnarchte sofort, wie ich es noch aus dem Krankenhaus kannte, ich dagegen schlief noch schlechter als sonst, nickte immer nur kurz ein, und schreckte bei jedem neuen Geräusch wieder auf. Die Vorstellung, dass wir am Morgen nach Serbien hinüber und hinaus aus der EU rollen würden, half nicht, meine Sorge zu lindern. Günther winkte ab, als wir losfuhren. „Serbien ist sicher", sagte er. „Für uns, jedenfalls", fügte er hinzu. Er behielt Recht; an der Grenze wurden wir von einer stark geschminkten Zollbeamtin in perfektem Deutsch begrüßt und sehr freundlich behandelt. Alle Schilder waren doppelt in lateinischen und kyrillischen Buchstaben beschriftet. Ich war erstaunt über den guten Zustand der Autobahnen, der hier nicht auf EU-Hilfen zurückzuführen sein konnte. Günther erklärte mir das serbische Mautsystem, über das sich in diesem wichtigen Transitland offenbar genug Devisen für die Infrastruktur generieren ließen. Vorbei die Zeiten, als sich entlang der jugoslawischen Straßen die Spuren vieler, oft tödlicher Unfälle zogen. Die Fotos, die ich Sylvia schickte, dokumentierten hinreichend den guten Straßenzustand, aber ich spürte ihr anhaltendes Befremden angesichts dieser Fahrt in ihren knappen Antworten auf meine Nachrichten, in denen ich kleinere Erlebnisse schilderte, immer bemüht, möglichst harmlos zu klingen. Den Vorfall an der Raststätte erwähnte ich vorsichtshalber nicht.

9.

Anfangs hatte ich noch versucht mit Günthers Blase, die mehrere Liter fassen musste, mitzuhalten, aber irgendwann hatte ich aufgegeben und ihn um gelegentliche Pinkelpausen gebeten. Ihm war es recht, es gab ihm die Möglichkeit zu rauchen. Oft war ich dann dankbar, wenn es auf dem Parkplatz kein Klo gab, und ich so einen Grund hatte, mich wenigstens einen kurzen Augenblick mit Pflanzen zu umgeben, nach all dem Grau, das wir ständig vor Augen hatten. Zum Glück war da noch der Himmel mit seinen wechselnden Farben, den weißen und grauen, hohen und tiefen, dichten und lockeren Wolken, der schrägen blassen Novembersonne, an klaren Morgen die Sterne in der letzten Dunkelheit, der Orion mit seinem treuen Begleiter Sirius; einmal war ich mir sogar sicher, knapp über dem Horizont den Merkur zu sehen, über dem flachen ungarischen Land, wo einst das Mittelalter damit begonnen hatte, dass das Heer Ottos des Großen den Ansturm der Magyaren, der Reiter aus Asien, soweit gebremst hatte, dass diese es vorgezogen hatten, dort sesshaft zu werden, wo das Land noch am ehesten ihren heimischen Steppen glich. Auf der Straße waren wir die Größten, niemand kam an uns vorbei, wenn wir es nicht wollten, aber ein Blick nach oben genügte immer, mir unsere Armseligkeit bewusst zu machen. Armselig war meistens auch das Grün, in das ich mich schlug, um auszutreten, kränklich von den Abgasen und von allzu vielen Reisenden, die es mir schon gleich gemacht hatten. So fragwürdig diese Abwechslung von der klimatisierten Kabine war, in der wir den größten Teil des Tages verbrachten, ich genoss sie trotzdem, vor allem weil ich durch die sich langsam verändernde Luft und die neuen Pflanzen an den Böschungen, die die

gewohnten ablösten, überhaupt erst ein Gefühl dafür bekam, dass wir uns tatsächlich von der Stelle bewegten.
Auch akustisch gab es nicht viel Abwechslung auf unserer Reise. Die Vierer-CD-Box mit Country- und Western-Musik, die Günther als Soundtrack nahezu ununterbrochen durchlaufen ließ, hätte ich irgendwann komplett mitsingen können, aber das machte Günther schon selbst in einem rührend lautmalerischen Schuljungen-Englisch, und meistens einen guten Viertelton unter dem Original. Fast vierhundert Kilometer ging es durch Serbien, dieses fremde isolierte Land, den Schurkenstaat der Neunzigerjahre, der seinen Schrecken – wenigstens für uns – völlig verloren hatte. Ja, ich muss sogar gestehen, dass ich mich von Peter Handkes Parole „Gerechtigkeit für Serbien" angezogen fühlte, ohne wirklich etwas über das Land zu wissen, oder mehr als Auszüge aus Handkes Apologien gelesen zu haben.
Obwohl die Novembersonne auch hier tief stand, war es doch schon eine andere, südlichere Sonne, die mehr Kraft in ihrem Lauf gewann. Sie vergoldete die Raststätte, auf der wir die Mittagspause verbrachten, einen ansonsten tristen Ort, der noch deutlich die Begeisterung für rohen Beton erkennen ließ, die in den Sechzigerjahren allgegenwärtig gewesen war. Immerhin konnte ich mich danach rühmen, einmal Serbische Bohnensuppe in Serbien gegessen zu haben. Schließlich kamen wir nach Bulgarien, zurück in die EU. Wir spürten jedoch wenig Erleichterung, denn selbst der Tunnelblick, der sich auf so langen Autobahnfahrten unweigerlich einstellt, konnte uns nicht davor bewahren, immer deutlicher die Armut wahrzunehmen, die aus den Weiten des Landes gierig auf die Unmengen an Gütern starrte, die in endlosen Karawanen, ungerührt von der weit verbreiteten Not, auf der Autobahn vorbeizogen, dorthin, wo man für sie bezahlen konnte. Ich spürte Günthers Anspannung, wenn es langsamer voranging. Er wollte es unbedingt noch über die Grenze in den europäischen Teil der Türkei nach Edirne schaffen, möglichst ohne eine

Strafe wegen überzogener Lenkzeit. „Bloß nicht in Bulgarien übernachten", sagte er ohne weitere Erklärungen. Wir schafften es gerade noch auf einen Rastplatz bei Edirne, wo wir uns mit reichlich gegrillten Fleischspießen belohnten. Ich vertraute auf Günthers Urteil, dass wir dort sicher waren. In einem abendlichen Videogespräch mit Nina zeigte ich ihr die Platte mit den aufgetürmten Fleischspießen, und sie sagte, ich solle nach dem Rezept fragen, und wenn ich wieder da sei, würden wir auch so einen Berg aus gegrilltem Fleisch auftürmen. „Hast du mir nicht erzählt, du willst Vegetarierin werden wie Lisa", fragte ich. Nina fand, das könne warten bis nach den Fleischspießen.

10.

An Günthers Schnarchen hatte ich mich mittlerweile wieder gewöhnt; trotzdem lag ich noch lange wach in meiner Koje. Jetzt war der Bosporus nicht mehr weit. Ich versuchte mich zu erinnern, was ich einmal für eine Hausarbeit an der Uni über den Untergang Konstantinopels 1453 gelesen hatte: Bis Mehmed der Zweite beschloss, dem letzten Rest des Oströmischen Reiches den Todesstoß zu versetzen, war Edirne die Hauptstadt des Osmanischen Reiches gewesen, quasi die Speerspitze des Islam, die in das christliche Europa hineinragte. Und Konstantinopel mit seinem letzten römischen Kaiser, Konstantin dem Elften, war die letzte christliche Enklave in Kleinasien gewesen, ein sicherer Hafen und Umschlagplatz für die geschäftstüchtigen Venezianer und Genueser, wenn auch schon lange dem Osmanischen Reich tributpflichtig. Der Kaiser hatte der Vorbereitung seines Untergangs zusehen können: die „Rumelische Festung", ein sicherer Rückzugsort für die künftigen Belagerer, entstand, für die Byzantiner gut sichtbar, gegenüber auf der anderen Seite der Meerenge. Auf die Hilfegesuche an das Abendland folgten nur leere Versprechungen. Der letzte römische Kaiser fiel im Kampf um die Mauern der Stadt, heißt es. Die griechischen Gelehrten, die nach Westeuropa flohen, sollen dort den Weg für den neuzeitlichen Humanismus und die Renaissance bereitet haben. Damit hatte Mehmed der Zweite in einem einzigen Streich nicht nur die letzte in die Antike reichende Kontinuität gekappt, sondern auch noch der Weg zum Ende des Mittelalters gebahnt. Nichts auf dieser Autobahnraststätte erinnerte an diese Geschichte, und doch bildete ich mir ein, ihre Präsenz noch zu spüren, Untergang und Neuanfang, eng miteinander verschränkt. Schon damals war der Bosporus ein Ort gewesen, an dem viele unsichtbare Linien zusammentrafen. Aber welcher der Kaufleute, die damals ihre Schiffe den Winden und den Launen der Mächtigen anvertrauten, hätte sich vorstellen können, was wir sahen, als am nächsten Mittag endlich die Meerenge vor uns lag? Tanker und Frachter in allen Größen, dicht an dicht, dazwischen kreuzende Fähren, kaum, dass man noch das Wasser zwischen ihnen sah. Hätte ich nicht einmal eine Dokumentation darüber im Fernsehen gesehen, hätte ich mir nicht vorstellen können, dass unterhalb dieses Getümmels immer noch Seetiere lebten. Ich freute mich darauf, Nina von diesem Anblick und meinen Gedanken in unserem Abendgespräch zu erzählen.

Wir tauchten ein in das Häusermeer Istanbuls und überquerten die Meerenge über die Fatih-Sultan-Mehmet-Brücke; wir waren ein Schwebteilchen im endlosen Warenstrom, der sich in beiden Richtungen zwischen Europa und Asien wälzte. Ich spürte Günthers zunehmende Erleichterung, je näher wir unserem Ziel kamen. Dabei war dieses Ziel auch nur wieder einer dieser zubetonierten Nicht-Orte, wie die meisten unserer Stationen auf dem Weg dorthin. Sie unterschieden sich fast nur darin, wie gut sie instandgehalten wurden, ob die Löcher, die schwankende Witterungen und tonnenschwere Gespanne in die Asphaltdecke rissen, geflickt wurden, ob jemand den Müll entsorgte, ob es irgendwelche Einrichtungen gab, um wenigstens die Basis der menschlichen Bedürfnispyramide – Essen, Trinken, Ausscheiden, Schlafen - zu befriedigen, und ob irgendjemand auf den Zustand dieser Einrichtungen achtgab. Immer wieder kam mir dabei eine Liedzeile von Dota Kehr in den Sinn, die das Absurde meines touristischen Unterfangens auf den Punkt brachte: „Komm wir machen Urlaub im Containerhafen von Venedig…"

11.

Unser Ziel glich unserem Ausgangspunkt so sehr, dass mir ein „Oh wie schön ist Panama" entfuhr. Aus Günthers Blick entnahm ich, dass er kein Janosch-Leser war. Asphaltflächen, Lagerhallen, Verladerampen, Kräne, Container, Zapfsäulen, andere Sattelschlepper, hohe Zäune, von Stacheldraht gekrönt, und ab und zu ein Streifen tristen Grüns, das war die Welt, in der wir uns bewegten, seit ich mit Günther aufgebrochen war. Er schien damit völlig einverstanden zu sein, ich dagegen musste mich anstrengen, um nicht zu deprimieren. Wenn er von früheren Fahrten, verschiedenen Ladungen und Begegnungen mit anderen Truckern erzählte, leuchtete sein Gesicht vor Begeisterung, und ich gab mir Mühe, meine Langeweile zu verbergen.

Günther war schon häufiger zu Gast bei Aksim Auto Parts gewesen; sie kannten seinen Namen hier; ich musste viel Händeschütteln und Schulterklopfen über mich ergehen lassen; und natürlich gab es starken Tee mit viel Zucker. Der tat gut, denn über den Parkplatz pfiff ein kalter Wind, mit dem ich nicht gerechnet hatte, und obwohl der Stumpf unter der Prothese gegen jeden Luftzug geschützt war, kroch die Kälte doch in ihn hinein und entfachte ein eisiges Feuer. Endlich waren alle Papiere unterschrieben und die Fracht gelöscht. Drei Übernachtungen, das war das Maximum gewesen, das Günther hatte aushandeln können, und viel mehr hätte er vermutlich Sayas wegen auch nicht gewollt. Günther versuchte zwischendurch immer wieder, Kemal auf seinem Mobiltelefon zu erreichen, kam aber nicht durch. Ohnehin war es für eine Weiterfahrt zu spät. Ich hatte keine Lust auf eine weitere Nacht in der Koje.

Günther war zunächst skeptisch, als ich ihm vorschlug ein Hotel in der Stadt zu nehmen, aber als ich ihm ein Bild des Hotels zeigte, wo ich ihm ein Einzelzimmer spendieren wollte, direkt neben dem Taksim-Platz, wurde er zwar etwas verlegen, willigte aber doch dankbar ein. Ich telefonierte auf Englisch mit dem Hotel und spürte dabei Günthers bewundernden Blick auf mir, angesichts der Selbstverständlichkeit, mit der ich dies tat. Wir fuhren mit dem Taxi zu dem Hotel ins Stadtzentrum. Nach so viel sparsamem Hausen auf engem Raum, waren wir schon von der Lobby mit ihrem großen Kronleuchter völlig überwältigt. Es war ein Moment, wie ich ihn mir als junger Mann manchmal gewünscht hatte, wenn ich allzu lange mit kaum Geld in der Tasche per Anhalter unterwegs gewesen war. Einfach mal ein bisschen Luxus. Wir ließen uns das Gepäck von einem Jungen im Livree auf die Zimmer tragen, und ich gab großzügig Trinkgeld. Wir verabredeten, dass ich Günther eine Stunde später abholen würde, und wir dann gemeinsam essen gehen und danach das Nachtleben um den Taksimplatz erkunden würden. Ich atmete auf, als ich die schwere Zimmertür hinter mir zugezogen hatte: es war der erste private Augenblick seit meinem Spaziergang durch Wien. Das Zimmer war sehr sauber, mit dunklem Holz getäfelt und hatte ein großes Fenster. Wenn ich mich ganz rechts an das Fenster stellte, konnte ich links am Ende der Straße einen kleinen Ausschnitt des Taksim-Platzes erkennen. In der mehrsprachigen Informationsbroschüre, die ich auf dem Schreibtisch fand, wurde zwar erklärt, dass der Taksim-Platz die höchste Erhebung im Stadtteil Beyoglu sei, von wo aus schon die Römer ihre Wasserleitungen in alle Richtungen Konstantinopels verteilt hatten, aber von der langen Reihe an blutig niedergeschlagenen Protesten, die erst ein Jahr zuvor einen neuen Höhepunkt erfahren hatte, als die Menschen gegen den Abriss kemalistischer Bauten und die Abholzung des Gezi-Parks demonstriert hatten, fand keine Erwähnung. Ich schob meinen Rucksack in den Kleiderschrank, klopfte den

Staub von meiner gefütterten Jacke, die, wie ich feststellte dringend einer Wäsche bedurfte, hängte sie an einem der Messinghaken auf, setzte mich auf den Bettrand, wobei ich tief in die weiche Matratze einsank, krempelte mein ebenfalls nicht mehr ganz sauberes Hosenbein hoch, schnallte die Prothese ab und ließ mich mit ausgestreckten Armen nach hinten auf die makellos weiße Bettdecke fallen. Ich sah über mir den riesigen grünen Deckenventilator, der reglos auf den Sommer wartete. Für den Augenblick war ich froh, dass die Heizung funktionierte. Ich konnte mich noch gut an den einen mediterranen Winter erinnern, den ich in einem kaum zu heizenden Haus in Südfrankreich verbracht hatte. Aber auch wenn der Ventilator stillstand, erfasste mich das kreisende Gefühl, das mich immer befiel, wenn in fremden Räumen die Anspannung einer langen Reise nachließ. Ich schloss die Augen für einen Moment, und sofort sah ich wieder die Markierungen auf dem Asphalt und die Leitplanken an mir vorbeiziehen. Ich richtete mich mühsam auf und hüpfte zum Bad hinüber. Als ich den Wasserhahn aufdrehte, war ich mir plötzlich unsicher, ob das Leitungswasser trinkbar sei. Also hangelte ich mich wieder zurück, suchte und fand die Minibar, auf der sogar eine offenbar kostenlose kleine Flasche stillen Mineralwassers stand. Ich leerte sie fast in einem Zug, und war gerade noch geistesgegenwärtig genug, mir einen Schluck für meine Abendmedikamente aufzubewahren. Ich überlegte, das Pregabalin vorzuziehen, denn ich spürte schon deutlich wie es im Stumpf zu arbeiten begann. Erst als ich auf die Uhr sah, merkte ich, dass ich tatsächlich eingeschlafen sein musste, als ich auf dem Bett lag. Es war schon Zeit, Günther abzuholen. Ich holte meinen Wochen-Dispenser aus dem oberen Fach des Rucksacks, entleerte das Abendfach in die hohle Hand und spülte alle Tabletten auf einmal mit dem letzten Schluck aus der Flasche hinunter. Ich schnallte meine Prothese wieder an, spritzte mir im Bad kaltes Wasser ins Gesicht, legte ein bisschen Deo nach und ging hinüber zu Günther. Der war tatsächlich geduscht und umgezogen, nach seinem Verständnis wahrscheinlich sogar schick gemacht mit einem bunten Hemd und einer eng sitzenden Jeans. Bis dahin hatte er immer nur weite Cargohosen getragen. Die oberen zwei Knöpfe seines Hemds waren geöffnet, und es quollen nicht nur seine Brusthaare sondern auch Wolken von schwerem Männerparfüm heraus. Ich nickte anerkennend. „Du hast wohl noch einiges vor heute?", fragte ich ihn. „War doch dein Vorschlag, mit dem Nachtleben", sagte er. Wir gingen hinüber zum Taksim-Platz, die Hälse in die Jacken gedrückt, um dem kalten Wind möglichst wenig Angriffsfläche zu bieten. Ich deutete auf das Denkmal in der Mitte des Platzes und sagte: „Kemal Atatürk, der Gründer der Türkischen Republik." Günther schüttelte den Kopf. „Du vereimerst mich", sagte er. „Nein, wieso?", fragte ich. „Ach, nur so", sagte er und marschierte immer noch kopfschüttelnd an dem Marmorsockel vorbei. Wir stiegen in die historische Straßenbahn, die die große Einkaufs- und Ausgehmeile Istiklal Caddesi abfährt, und ließen uns bis zur Endhaltestelle am Galataturm bringen. Nach so viel Autobahn-Eintönigkeit konnte ich mich gar nicht sattsehen an den vielen Menschen links und rechts der Gleise, deren Gesichter im Widerschein der bunten Schaufenster leuchteten. Ich drängte Günther, mit mir den Galataturm zu besteigen, um uns einmal die Stadt von oben anzusehen. Er zögerte. Erst als er hörte, dass es einen Aufzug gab, konnte ich ihn überreden. Die letzten beiden Etagen ging es aber nur noch über eine hölzerne Treppe bis zur Aussichtsplattform, und das war das erste Mal, dass mir bewusst wurde, wie schnell Günther sich bei Anstrengungen erschöpfte. Als wir oben waren, konnte er kaum zwei Worte aneinanderreihen ohne nach Luft zu ringen. Aber der Anblick schien es auch ihm wert zu sein. Wir sahen den Bosporus im Sonnenuntergang, und die Lichter der Altstadt nach und nach aufleuchten, und lauschten dem scheppernd verstärkten Gesang der Muezzine aus den Minaretten. Am Ende, als uns schon richtig kalt war, bedankte sich Günther bei mir. Er sei schon so oft in Istanbul gewesen, sagte er, aber nie auf die Idee gekommen, irgendwelche Sehenswürdigkeiten zu besuchen. Wir aßen in einem Grillrestaurant in einer Seitenstraße der Istiklal Caddesi zu Abend. Diesmal bestand Günther darauf, zu bezahlen. Ich zog mich noch kurz in einen Bereich zurück, in dem die Tische leer standen, und tätigte meinen Abendanruf bei Nina. Sie zeigte mir stolz die Umhängetasche, die sie im Kunstunterricht genäht hatte, und für die sie eine Eins bekommen hatte. Als ich zurückkam, standen zwei volle Rakigläser auf dem Tisch, und Günther grinste mich an. Wir stießen an. „Ich habe Kemal erreicht", sagte Günther, „er hat mir eine Wegbeschreibung geschickt. Ich glaube, Bus und Bahn können wir vergessen." – „Wir mieten ein Auto", sagte ich. „Auf meine Kosten, selbstverständlich. Aber wenn es keins mit Automatik gibt, musst du fahren." – „Wenn's weiter nichts ist", sagte Günther. Wir bestellten noch einen Raki. Vor dem Restaurant sprach uns ein junger Mann auf Deutsch an. Er kenne gute Clubs hier im Viertel, nicht teuer, schöne Mädchen. Ich bedankte mich artig und wollte weiter, aber Günther war interessiert. Ich versuchte, ihm mit den Augen zu verstehen zu geben, dass das nichts als Abzocke sein konnte, aber er schien mich nicht verstehen zu wollen. Ich weigerte mich, mit dem jungen Mann mitzugehen, Günther zuckte mit den Achseln. Es schien ihm egal zu sein, ob er betrogen wurde, Hauptsache, es wurde eine aufregende Nacht. Und so trennten sich unsere Wege wieder. Ich hatte kein gutes Gefühl dabei, ihn ziehen zu lassen, aber ich wollte mich auch nicht in irgendein Schmierentheater hineinziehen lassen. Ich sah den beiden nach, wie sie in der Menge der Feierlustigen verschwanden. Alleine weiterzuziehen erschien mir witzlos, also kehrte ich ins Hotel zurück, trotz der vielen weiteren Angebote junger Männer, die in meinen Augen alle verblüffend ähnlich aussahen, die gleichen treu blickenden braunen Augen und freundlichen Gesichter, die Kleidung mit den Logos berühmter

Sportartikelhersteller, die überdeutlich einladende Körpersprache, die verletzten Mienen, wenn ich dankend ablehnte.
Im Hotelzimmer schnallte ich die Prothese ab und ließ mir ein Bad ein. Die hoteleigene Badeseife schäumte schnell bis über den Rand. Das heiße Wasser beruhigte meinen Stumpf. Wenn ich die Schaummassen auseinander schob, lag er da am Grund der Badewanne wie ein breitmäuliger Wels, bereit sich den nächsten vorbeischwimmenden Stichling zu schnappen.
Ich nahm mir die 0,2er Flasche Efes Pilsen aus der Minibar und die Fernbedienung mit ins Bett und ging einmal alle Kanäle durch. Erdogan war da schon lange Präsident, aber die Verfassungsänderung, mit der er sich nahezu zum Alleinherrscher machte, lag noch in der Zukunft. Trotzdem war seine Präsenz im Staatsfernsehen auch damals schon übermächtig, soviel verstand ich auch ohne Sprachkenntnisse. Auch die Inhalte der privaten Kanäle erschlossen sich mir, ohne dass ich mehr als ein paar Lehnwörter verstand. Eine Weile blieb ich noch bei CNN hängen. Angesichts des G20-Gipfels ging es um Ebola, das Klima, den Islamischen Staat und den inoffiziellen Krieg in der Ukraine. Mir fielen immer wieder die Augen zu. Ich schaltete den Fernseher aus und lauschte durch das gekippte Fenster den Großstadtgeräuschen. Bald schlief ich so fest wie lange nicht mehr. Ich träumte, dass Günther ermordet worden war, und keiner wollte irgendetwas gesehen haben.

12.

Als ich frühmorgens aufwachte, schien mir der Traum noch so real, dass ich mir eilig die Prothese anschnallte und den Hotel-Bademantel überwarf. Günthers Zimmer lag direkt neben meinem. Ich hämmerte wild an die Tür. Ewig tat sich nichts. Ich wollte schon zurück aufs Zimmer, in der Lobby anrufen und Günther als vermisst melden, da ging die Tür auf. Günther sah erbärmlich aus. Sein Gesicht war verschwollen, seine Lippen leicht bläulich und die paar Strähnen, die noch von seinem Haupthaar geblieben waren klebten an seinem mächtigen

Schädel. Außer dass er viel getrunken und wenig geschlafen habe, fehle ihm nichts, beteuerte er. Im Gegenteil, er habe eine großartige Nacht hinter sich, und ich wisse ja nicht, was ich verpasst hätte. „Und du solltest einfach auch noch ein bisschen schlafen, statt hier so einen Terz zu machen, Karl", sagte er, drehte sich um, und schlurfte in sein Bett zurück. Ich kehrte etwas beschämt, aber vor allem erleichtert, auf mein Zimmer zurück, zog mich richtig an und fuhr mit dem Aufzug hinab zum Frühstücksraum. Ich gönnte mir ein großes vor Fett triefendes Stück gebratener Sücük-Wurst und hoffte, dass Günther es mir später gleichtun würde. Sonst musste ich mich darauf einstellen, dass er sich auf der Fahrt zu Kemal dauernd über meinen Knoblauchgeruch beschweren würde. Andere strenge Gerüche schienen ihm wenig auszumachen, aber bei Knoblauch war er eigen, dass hatte ich schon mehrfach erstaunt feststellen müssen. Ich fragte an der Rezeption nach einem Mietwagen. Der junge Concierge strahlte so, dass ich vermutete, dass er eine Provision dafür kassieren würde. Sollte er. Ich wollte möglichst wenig Umstände. Eine Viertelstunde später war alles arrangiert: pünktlich zum Check-out würde ein Kleinwagen mit Automatikgetriebe am Hotel vorfahren, und wir brauchten nur noch einzusteigen. Kreditkarten sind manchmal etwas Feines. Als ich auf dem Weg zurück in mein Zimmer aus dem Fahrstuhl treten wollte, stand plötzlich Günther vor mir. Er sah immer noch ziemlich mitgenommen aus, aber sehr zufrieden dabei. Ich empfahl ihm Sücük zum Frühstück. Er wollte es sich überlegen. Als er eine halbe Stunde später bei mir klopfte, hatte ich schon gepackt. „Hast du schon eine Idee, wie wir zu Kemal kommen", fragte er. Ich erzählte ihm von dem Mietwagen, und er schüttelte nur wieder ungläubig den Kopf. „So einfach ist das also, wenn man Geld hat", sagte er. „Pack deine Sachen", sagte ich, „wir wollen nicht zu spät los." Nachdem ich mich so viele Tage seinem Alltag untergeordnet hatte, befreite es mich, die Führung zu übernehmen, und Günther schien auch bereit, sie mir zu überlassen. Eine knappe Stunde später schoben wir uns mit kaum mehr als Schrittgeschwindigkeit durch die überfüllten Straßen im Stadtzentrum. Am Anfang warf Günther noch misstrauische Blicke in meinen Fußraum, und warnte mich immer wieder vor den Motorradfahrern, die tollkühn durch jede sich bietende Lücke links und rechts an uns vorbeidrängten. Aber mit der Zeit fügte er sich in seine Beifahrerrolle und schien mir auch zuzutrauen, alleine meinen Weg zu finden. Das eingebaute Navigationsgerät hatte ziemlich lange gerechnet, bis es angab, die beste Route zu den Koordinaten zu kennen, die Kemal Günther durchgegeben hatte. Es dauerte ewig, bis wir die letzten Ausläufer der Stadt hinter uns gelassen hatten. Irgendwann sahen wir zu unserer Linken das Schwarze Meer graublau daliegen, während sich zu unserer Rechten das Pontische Gebirge immer höher auftürmte. So ging es noch mehrere Stunden auf einer Schnellstraße die Küste entlang, schließlich fuhren wir ab. Aus Straßen wurden löchrige Sträßchen, schließlich Schotterpisten. Ich wollte schon bereuen, dass ich mich gegen einen Allradantrieb entschieden hatte. Überall zweigten jetzt Auffahrten zu kleinen Anwesen ab, vieles schien noch im Bau. Ich hatte mir die Schwarzmeerküste ähnlich karg vorgestellt wie die vielen Küsten des Mittelmeers, die ich in meiner Jugend bereist hatte. Und das Wissen um die Lebensfeindlichkeit des Schwarzen Meeres, das ab einer gewissen Tiefe fast keinen Sauerstoff mehr enthält, hatte die Erwartung von Öde noch verstärkt. Stattdessen fuhren wir an nebligen Hängen entlang, an denen sich Tee-, Tabak- und Haselnussplantagen hinzogen. Hätte mir jemand die Bilder gezeigt, die wir während der Fahrt aufnahmen und mich gefragt, wo das sei, hätte ich vermutlich „Indien" geantwortet.

13.

An einem dieser Hänge, so weit abseits, dass keines unserer Mobilgeräte mehr ein Signal empfing, fanden wir nach einigem Suchen Kemals Haus, oder das, was davon schon stand.

Kemal kam uns aus dem Haus entgegen, als wir im hohen Gras neben einem rostigen Pflug parkten. Kemal lief noch breitbeiniger als in meiner Erinnerung. Ich fragte mich, ob seine Polyneuropathie noch weiter fortgeschritten war. Er sah dabei wie immer unverschämt gut aus, braungebrannt, schlank, und noch muskulöser als damals im Krankenhaus. Er strahlte und umarmte uns beide, als wir aus dem Auto stiegen. Die Luft war kühl und feucht und erinnerte mich an Spätsommer in deutschen Mittelgebirgen. Hinter Kemals tauchten weitere Gesichter auf, Kinder mit großen braunen Augen und zwei Jugendliche, die respektvoll Abstand hielten. Kemal führte uns zu ihnen, es mussten an die zehn sein, und stellte sie uns als Neffen und Nichten vor, mit vielen Namen, die ich noch nie gehört hatte und gleich nach dem Händeschütteln wieder vergaß. Kemals halbfertiges Haus war offenbar ein beliebter Abenteuerspielplatz. Die Kinder kletterten auf halbfertigen Mauern herum, sprangen durch die noch unverglasten Fenster und hangelten sich an freiliegenden Stahlträgern entlang. Wir waren ihnen ein willkommenes Publikum, insbesondere Günther, der bei besonders waghalsigen Sprüngen großzügig applaudierte. Kemal deutete auf die zwei schlaksigen Jugendliche, Kazim und Kaan, die sich der Akrobatik-Show nicht angeschlossen hatten. Sie seien die einzigen, mit denen er hier etwas anfangen könne, sagte Kemal, sie seien zu Besuch aus dem Osten, dort wo seine Frau herkomme, sie seien auch Lasen, wie seine Frau. „Lasen?", fragte Günther. „Ja, Lasen", sagte Kemal. Ich sprang ein und erklärte Günther, was ich gelesen hatte, dass die Lasen ein kleines Volk mit einer eigenen Sprache an der östlichen Schwarzmeerküste seien. „So so, Lasen", sagte Günther. „Ohne die beiden wüsste ich oft gar nicht, wie ich weitermachen soll", sagte Kemal, „die ganzen kleinen Sachen, Löcher bohren, Verfugen, die kann ich nicht mehr, ich merke meine Hände oft kaum noch." Er hielt seine schwieligen Pranken hoch und schüttelte den Kopf. „Ich weiß nicht, wie das noch weitergehen soll, ich bin doch erst

fünfzig." Alle Freude war auf einmal aus seinem Gesicht gewichen. „Mensch Kemal, stimmt ja", rief Günther da und haute Kemal mit seiner gesunden Hand auf die Schulter, „du hattest doch gerade erst Geburtstag, herzlichen Glückwunsch." Kemal rang sich ein Lächeln ab. „Habt ihr denn nicht groß gefeiert?", fragte Günther. „Das ist bei uns nicht so üblich", sagte Kemal. „Wo sind denn deine Frau und deine Töchter?", fragte ich. „Zuhause in Castrop-Rauxel", sagte Kemal, „ist ja noch Schule. Außerdem kommen meine beiden Großen jetzt in ein Alter, wo wir erklären müssen, warum wir sie noch niemandem versprochen haben."
Kemal führte uns herum. Das zweigeschossige Haus war in den Hang hineingebaut. An den Felsen hinter dem Haus entdeckte ich Sprenglöcher. Wo einmal der Garten entstehen sollte, wuchs noch dichtes Gestrüpp, durch das nur zwei Pfade führten. Auf dem einen kam man zu einer hölzernen Latrine, auf dem anderen zu einem gemauerten Grill, dessen Boden vollkommen mit einer fettig glänzenden Rußschicht ausgekleidet war, so als werde er schon seit Ewigkeiten ausgiebig genutzt. Neben dem Grill standen auf einer kleinen gerodeten Fläche zwei weiße Plastiktische und jede Menge Plastikstühle. Nach der Besichtigung der „Außenanlagen" betraten wir den Rohbau über die schon fertig gegossene Terrasse. Wir stiegen über eine ungesicherte Betontreppe in den ersten Stock, der bisher nur aus dem Boden und einigen Pfeilern bestand. Von dort aus konnten wir das Meer sehen und links und rechts die grüne Küste. Kemal strahlte wieder, als er die Anerkennung in unseren Gesichtern sah. „Ihr müsst unbedingt noch einmal kommen, wenn das Haus fertig ist", sagte er. Unten zeigte er uns die Feldbetten in zwei ansonsten kahlen Räumen, in denen wir schlafen würden. „Oder wollt ihr lieber wieder zusammen in ein Zimmer, wie damals", fragte Kemal. Er grinste, als ich schnell beteuerte, dass das so in Ordnung sei. Auch er erinnerte sich wahrscheinlich noch lebhaft an Günthers durch die Resonanz in seiner tonnenförmigen

Brust gewaltig verstärktes Schnarchen, das ich in den letzten Nächten erneut zu fürchten gelernt hatte. Die Wasserleitungen zum Haus waren schon verlegt, aber es gab nur einen Wasserhahn außen am Haus. Das Wasser floss in ein grob gemauertes Becken ab. Für den Strom betrieb Kemal einen alten Dieselgenerator, dessen lautes Tuckern man wahrscheinlich noch unten an der Küste hören konnte. Dort, wo einmal die Küche entstehen sollte, stand ein grob gezimmertes Regal, das ein bisschen zusammengewürfeltes Geschirr und Besteck enthielt. In der Mitte stand ein ebenfalls grober Holztisch mit weiteren weißen Plastikstühlen. Der Strom für den Kühlschrank kam tagsüber aus dem Dieselgenerator; nachts war es kalt genug, dass auch so nichts schlecht wurde, erklärte uns Kemal. In dem Kühlschrank lagerte reichlich Fleisch: Rind, Lamm und Ziege, sowie mehrere der unbeschrifteten Raki-Flaschen, an die wir uns aus der gemeinsamen Krankenhauszeit noch lebhaft erinnerten.

14.

Die Vorfreude, die der Inhalt von Kemals Kühlschrank geweckt hatte, erfüllte sich am Abend. Wir saßen, in Flickendecken gehüllt, an dem Tisch neben dem Grill und spielten Skat wie damals. Kazim wendete die Fleischstücke auf dem Rost für uns. Das Fett triefte zischend in die Glut, die Schwaden von Grillaroma, die herüberzogen, ließen mir buchstäblich das Wasser im Munde zusammenlaufen. Noch bevor die ersten Stücke durchgebraten waren, hatten wir die erste Rakiflasche geleert, mit nichts als ein paar gesalzenen Sonnenblumenkernen im Magen. Kemal hatte uns gezeigt, wie wir die Kerne mit den Zähnen und der Zunge aus ihren Hüllen befreien konnten. Wir hatten uns beide abgemüht, aber die Anstrengung, um an die Kerne zu kommen, hatte mehr Energie verbraucht, als wir uns durch den Genuss der Kerne zuführen konnten. Unsere Bemühungen hatten die Kinder erheitert, die in respektvollem Abstand zu uns ihre eigenen Grüppchen bildeten. Kaan hatte die Kleineren zurechtgewiesen, und ab da schwiegen sie. Es war den ganzen Tag nicht warm gewesen, aber zumindest kühlte die feuchte Luft am Abend nicht zu sehr ab, sodass wir noch lange im Dunkeln sitzen blieben, auch als wir die Karten kaum noch erkennen konnten und sie schließlich weglegten. Wir erzählten uns gegenseitig unsere mehr oder weniger erfolgreichen Wiedereingliederungsgeschichten. Günther berichtete von dem verkehrsmedizinschen Gutachten, dass er auf Anraten des Betriebsarztes hatte erstellen lassen: „Den hättet ihr sehen sollen, den Gutachter, als ich ihm erzählt habe, welche Medikamente ich alles schlucke. Ich glaube, der dachte erst, ich verarsche ihn. Und dann bei den Tests: alles im grünen Bereich. Sowas hat er noch nie gesehen, hat er gesagt." Kemal erzählte, dass er in einen Bereich versetzt worden war, wo er nicht mehr so vielen giftigen Dämpfen ausgesetzt war. Aber das Kribbeln und die Gefühllosigkeit in seinen Händen und Füßen schritten trotzdem weiter voran. Er hoffte auf genügend Prozente für die Frühverrentung. Ein Anwalt, dem er schon viel Geld gezahlt hatte, hielt seine Chancen für gut. Günther sagte, er werde sich eher umbringen, als früher mit der Arbeit aufzuhören– dabei zwinkerte er mir so demonstrativ zu, dass mir die Schamesröte ins Gesicht stieg. Wenigstens konnte ich davon ausgehen, dass Kemal das im Schein der Glut nicht bemerkte. Ich hörte Günther nicht weiter zu, so schmerzhaft war die Erinnerung an meinen Selbstmordversuch zurückgekehrt. Ich konnte schon lange nicht mehr verstehen, was mich damals geritten hatte. Heute erschien mir meine Aktion auf dem Balkon unfassbar kindisch. Ich war über mich selbst erstaunt, als ich mich im Anschluss an Günthers Ausführungen sagen hörte, dass mir mein Job eigentlich keinen Spaß mehr mache, und dass ich überlegte, mir etwas anderes zu suchen. Die beiden wurden neugierig; was mir denn da so vorschwebe, wollte Günther wissen. In seiner Branche würden immer Leute gesucht, flachste er. Ich sagte: „Irgendwas, wo nicht jeder vom anderen denkt, der will mir doch bloß mein Pausenbrot klauen, irgendwas Ruhiges, wo man nicht nur zu denen nett ist, die einem gerade nützen." Das konnten beide verstehen. Sie fanden, auf der Arbeit müsse man füreinander einstehen, damit die Chefs nicht mit einem machen, was sie wollten. Günther erzählte, wie sie unter Tage einmal alle beschlossen hatten, ab sofort nur noch Dienst nach Vorschrift zu machen, und wie der Vorarbeiter nach zwei Wochen angekrochen gekommen sei, und vor versammelter Mannschaft Zugeständnisse gemacht habe. Kemal, der bei einem Karosseriebauer arbeitete, erzählte, wie sie den ersten Betriebsrat gegründet hatten, nachdem der Betrieb sich soweit vergrößert hatte, dass die Arbeiter nun ein Recht darauf hatten. Ich musste grinsen bei der Vorstellung wie Lennart und Lasse beim ersten Aufkeimen von innerbetrieblicher Arbeitnehmerorganisation mit Gegenargumenten loslegen würden: das Herzblut, aus dem die Firma hervorgegangen sei und von dem sie bis heute lebe, die flache Hierarchie, die kreativen Freiräume, die sie ihren Mitarbeitern ließen, die gute Gesprächskultur; lange hatte ich ihnen diese Worthülsen tatsächlich abgenommen. Mittlerweile sah ich nur noch, wie sehr die beiden auf die Selbstausbeutung jedes Einzelnen setzten, um noch mehr Gewinn zu machen. Dabei war es durch die schiere Masse an Aufträgen, die sie uns anzunehmen nötigten, gar nicht zu schaffen, Ergebnisse zu liefern, die einen selber befriedigten. Da war ich schon an die zweitausend Kilometer weit weg von diesem täglichen Irrsinn, aber es reichte immer noch nicht, um mich davon frei zu machen - ich wollte wirklich weg aus meinem alten Leben, das nicht mehr das alte war, seitdem mir ein Fuß und ein halber Unterschenkel fehlten, und ich jeden Tag Tabletten schlucken musste, um die Schmerzen auszuhalten. Das sah ich zum ersten Mal so klar an jenem Abend, als die übrige Welt im Rakidunst verschwamm – oder waren es die Nebelbänke, denen ich schon den ganzen Abend dabei zugesehen hatte, wie sie vom Meer her die Hänge hochkrochen? Hatten sie uns erreicht und hüllten uns jetzt ein?

15.

Wie ich in mein Feldbett gekommen war und wer mir die Schuhe ausgezogen hatte, wusste ich am nächsten Morgen nicht mehr. Unter den drei Wolldecken war es warm, aber meine Nase fühlte sich eisig an. Ich sah den Wolken kondensierten Atems nach, den sie ausstieß. Ich war froh, dass ich meine Mütze immer noch aufhatte. Mir war nicht übel, ich hatte keine Kopfschmerzen, aber ich fühlte mich unendlich schwach und klein unter meinen Decken in dem nackten Raum, in den blasses Licht aus einem wolkenverhangenen Himmel fiel. Es gab noch keine Türen und ich hörte Günther im Nachbarraum schnarchen. Während seiner langen Atemaussetzer hörte ich die Blätter in den umgebenden Büschen rascheln. Wenn ich die Augen wieder schloß, sah ich immer noch die Autobahn vor mir, die beinahe meditative Eintönigkeit des Asphalts, die wandernden Lichter in der Nacht, ich spürte wieder das einschläfernde Vibrieren des riesigen Dieselmotors, ich hörte den nie abreissenden Strom der vorbeiziehenden Autos, ich roch wieder die allgegenwärtigen Abgase. Aber auch der wandernde Horizont tauchte wieder auf, Berge und weite Ebenen, Felder und Weiden, ab und zu das Glitzern der Donau, dort, wo die Autobahn nah genug an sie herangebaut worden war, und über allem die immer schräg stehende Sonne auf ihrem geduckten Gang über den Herbsthimmel. Es kam mir vor, als hätte ich schon Stunden so gelegen, als schließlich Kemal mein Zimmer betrat. „Frühstück ist fertig", sagte er. „Ich dachte, ihr schlaft beide noch", sagte ich. Im gleichen Moment dröhnte wieder ein gewaltiger Schnarcher von nebenan herüber. Wir grinsten uns an. Ich schwang mich aus dem Bett. Die Kälte und der Kater hätten mich um ein Haar wieder in die Horizontale zurückgezwungen. Kemal sah mich am Bettrand wanken und mich wieder zurückfallen lassen, und bedeutete mir, es mit dem Aufstehen nicht noch einmal versuchen. Er verließ das Zimmer, rief etwas, und kurz darauf erschien Kazim, mit einer dampfenden Mokkatasse auf einem kleinen Plastiktablett. „Warte einen Augenblick, bis der Kaffee sich gesetzt hat", rief Kemal aus dem Nachbarzimmer. Ich versuchte, meine kalten Hände an der kleinen Tasse zu wärmen und schloss noch einmal die Augen. Nach ein paar Minuten nippte ich zum ersten Mal. Sofort fühlte ich mich kräftiger. Im ersten Augenblick hatte es mich befremdet, dass Kemal den Jungen geschickt hatte, mir den Kaffee zu bringen, aber dann ahnte ich, dass er selbst vermutlich auf dem kurzen Weg den ganzen Kaffee verschüttet hätte. Viel schneller als mir lieb war, hatte ich beim weiteren Nippen nur noch krümeligen Kaffeesatz im Mund, aber nach einem weiteren Mokka zu fragen traute ich mich nicht. Ich schlüpfte in meine Jacke und ging Kemal nach ins Freie. Unterwegs hielt ich kurz an dem Wasserhahn über dem gemauerten Becken an und drehte ihn auf. Erst stotterte er etwas, aber dann kam klares Wasser mit hohem Druck aus der Leitung geschossen. Ich schöpfte mir etwas von dem eiskalten Wasser ins Gesicht und trank auch ein paar Schlucke, bis es wehtat an den Zähnen. Ich fand Kemal auf einem kleinen Vorsprung, der einem bei klarerem Wetter wahrscheinlich einen Rundumblick ermöglicht hätte. Das Meer war vor lauter Nebel nicht zu sehen. Einzelne Schwaden blieben ringsum in den Büschen hängen. „Irgendwie hatte ich mir deine Heimat anders vorgestellt", sagte ich zu Kemal, dessen Blick sich im Nebel verlor. „Und ihr redet immer davon, wie schön grün Deutschland ist", sagte er. „Naja, Castrop-Rauxel ist da vielleicht nicht repräsentativ", sagte ich. „So wie hier, dieses Grün", sagte er, „das zieht sich die ganze Schwarzmeerküste entlang. Wusstest du, dass fast alle Haselnüsse in Deutschland von dieser Küste hier kommen? Meine Eltern, die haben als junge Leute ihr Geld mit Haselnussernten verdient, bevor sie nach Deutschland gekommen sind. Jedes Mal, wenn ihr euch morgens euer geliebtes

Nutella aufs Brot schmiert, schmeckt ihr, wie fruchtbar dieses Land hier ist, wie reich es sein könnte; aber die Preise für Haselnüsse und Tee, die bestimmen andere Leute, die irgendwo weit weg in teuren Büros sitzen und teure Anzüge tragen."
„Wirklich schön hier", sagte ich.

16.

Nach dem Frühstück, zu dem auch Günther erschienen war und schweigsam auf seinem Börek herumgekaut hatte, fuhren wir zu dritt mit dem Mietwagen hinunter zur Küste. Die beiden anderen wateten mit hochgezogenen Hosen ins Wasser. Ich sah ihnen aus sicherer Entfernung zu. Salzwasser war Gift für meine Prothese, und auf einem Bein ins Wasser zu hüpfen konnte ich mir damals nicht vorstellen. Heute mache ich das einfach. Auch schwimmen geht längst wieder, wenn auch nur Kraul und Rücken. Damals schien es mir unmöglich, dass ich mich jemals wieder genussvoll durchs Wasser bewegen würde. Kemal dagegen schwor darauf, dass das Schwarzmeerwasser das einzige sei, was gegen das Kribbeln in seinen Füßen helfe. Zu Mittag aßen wir sehr frischen Fisch in einem Lokal, das aussah, als sei es aus Treibholz zusammengezimmert worden; es lag ganz nah am Meer, aber das Meer war durch den Nebel nicht zu sehen. Wir hörten dem Brechen der Wellen am Ufer zu und sprachen nicht viel, was sicher gesünder war, denn der Fisch, so lecker er schmeckte, steckte voller Gräten. Nach dem Essen fuhr ich die beiden die Serpentinen wieder hinauf zu Kemals Baustelle. In der Zwischenzeit hatte sich weitere Verwandtschaft eingefunden, jetzt waren auch Erwachsene gekommen. Ein paar Frauen schalten Kemal dafür, dass er uns mit ihm auf der Baustelle hatte übernachten lassen. Man bot uns an, in eines der fertigen Nachbarhäuser umzuziehen, aber wir zogen es vor, bei unserem alten Leidensgenossen zu bleiben. Zu uns gesellte sich noch ungefragt Cousin Mehmet, der viele Jahre in Deutschland verbracht und in dieser Zeit offenbar genug Geld verdient hatte, um hier als eine Art Grandseigneur aufzutreten. Er fuhr mit einer neuen schwarzen S-Klasse auf der Baustelle vor. Seine teure Sonnenbrille trug er wie einen Haarreifen auf dem Kopf und übergoss uns drei mit einem Redeschwall, der Kemal völlig verstummen ließ. Aber auch Günther, der sonst den Jovialen in unserer Runde gab, schien durch Mehmets Auftreten verunsichert. Bald wussten wir, ohne eine einzige Frage gestellt zu haben, genau Bescheid, wie viel sich als Zwischenhändler in der Belieferung türkischer Supermärkte in Deutschland verdienen ließ. Mehmet betonte auch immer wieder, wie oft er Kemal angeboten habe, bei ihm einzusteigen, und wie bockig der bei seinem Knochenjob geblieben sei. „Und schaut euch an, was er davon hat", sagte Mehmet und deutete auf Kemals Hände und Füße, „die haben ihn kaputt gemacht in Deutschland, so viele von unseren Leuten haben sie kaputt gemacht in Deutschland." Mehmets Stimme überschlug sich; ich fragte mich, ob gleich noch Tränen fließen würden. Ich sah, wie Kemal sich beschämt abwandte. Ich überlegte, ob ich es auf eine Diskussion ankommen lassen sollte, und war dann dankbar, als Günther einfach das Thema wechselte. „Schönes Auto hast du da, Mehmet", sagte er, „darf ich mal sehen?" Steilpass für Mehmet, sofort ging es los wie früher beim Autoquartett: 455 PS, 4,7 Liter Hubraum, von Null auf Hundert in 4,8 Sekunden, die Zahlen kamen ohne einen Moment des Nachdenkens. Aber auch Günthers Augen fingen an zu leuchten. Sie unterhielten sich über die neuen Sicherheits-Features und verglichen die elektronischen Assistenzsysteme der Limousine mit denen von Günthers Schlepper. Mehmet demonstrierte die Leistungsfähigkeit des Audiosystems, indem er einen Tarkan-Hit voll aufdrehte. Dabei umringten uns die Kinder, die ihr Spiel auf der Baustelle unterbrochen hatten, um andächtig der Unterhaltung zu lauschen, obwohl sie nichts verstanden. Am Ende lief es natürlich auf einen erneuten Ausflug zu viert in Mehmets Auto hinaus. Mehmet ließ Günther das kurze Stück bis zu Hauptstraße fahren, und Günther machte seiner

Begeisterung wortreich Luft. Kemal und ich saßen hinten und sahen aus den Fenstern hinaus in die immerfeuchte Luft. Wenn wir uns ansahen, schüttelten wir beide den Kopf. Wir fuhren tatsächlich fast ausschließlich an riesigen Tee- und Haselnussplantagen vorbei. Insgeheim ärgerte mich, dass wir schon wieder im Auto unterwegs waren. Das war nie meine Art gewesen, Urlaub zu machen. Bis Nina geboren wurde, und noch in den ersten zwei Jahren danach, als sie noch klein genug gewesen war, um sie im Tragegurt mit sich herumzutragen, hatten Sylvia und ich im Urlaub immer ausgedehnte Wanderungen unternommen. Aber selbst als sie größer war, ertrugen wir oft lieber ihr Gequengel auf Spaziergängen und versprachen Kuchen, Eis, Schnitzel mit Pommes oder Karussellfahrten, als unnötig viel motorisiert unterwegs zu sein. Für Günther, Kemal und Mehmet schien dagegen keine andere Fortbewegungsweise ernsthaft in Betracht zu kommen. Dass mein Bein mir damals noch nicht erlaubte, wieder längere Strecken auf ihm zurückzulegen, dass ich damit tatsächlich auf diese Autofahrten angewiesen war, um wenigstens einen kleinen Eindruck zu bekommen von dem fruchtbaren Landstrich, in dem wir uns befanden, drückte mir aufs Gemüt. Einzig der Trotz gegenüber Sylvia, der ich unbedingt beweisen wollte, dass es eine gute Idee gewesen war, Günther hierher zu begleiten, hinderte mich daran, völlig in Schwermut zu versinken. Damals konnte ich mir nicht mehr vorstellen, dass die Stumpf- und Phantomschmerzen jemals nachlassen würden. Dass ich, wie im Sommer vor dem Unfall, noch einmal eine Hüttenwanderung in den Alpen würde unternehmen können, schien mir völlig ausgeschlossen. Und so starrte ich missmutig durch die getönte Scheibe auf das fast schon obszön üppige Grün um uns. Die Innenkabine der Limousine war so schallgeschützt, dass die Landschaft draußen komplett verstummte; auch von dem viel zu starken Motor, der uns zog, war kaum mehr als ein Summen zu spüren. Als Mehmet auch noch die Anlage aufdrehte, und die Bässe einem durch die Ledersitze in den Hintern krochen, konnte ich nicht mehr anders, als die Augen zu schließen und mich weit weg zu wünschen. Mehmet brachte uns zum Haus eines Haselnuss-Großbauern. Dessen Architekt schien es darauf angelegt zu haben, jedes orientalische Klischee wenigstens einmal irgendwo unterzubringen. Umso erstaunter war ich dann, als ich verstand, dass der kleine freundliche Mann mit den schwieligen Händen, der uns den Tee servierte, der Besitzer dieses Palastes war. Auf meine Nachfrage erzählte Kemal, dass dieser Mann, Orhan, die ganze Pracht nur für seine Frau habe errichten lassen. Er vergöttere seine Frau, die aber sei nie zufrieden, wolle immer noch mehr Luxus. Das Ganze sei eine Schande für die ganze Gemeinde. Die Geschichte erinnerte mich verdächtig an das Märchen vom Fischer und seiner Frau, und ich fragte mich, welche göttliche Strafe die missgünstige Gemeinde wohl für diese Hybris im Sinn hatte.

17.

Als wir abends zurückkamen, und Mehmet gleich wieder die Glut im Grill anfachte, gab ich vor, mich krank zu fühlen und zog mich in meine Mönchszelle zurück. Ich wollte allein sein. Außerdem fühlte sich mein ganzer Körper nach so viel Herumsitzen verkrümmt und verkürzt an. Mein Rücken war eine einzige Verspannung, und der Stumpf schmerzte wieder mehr. Ich fing vorsichtig mit Übungen an, die ich in der Physiotherapie gelernt hatte, und hoffte, dass mich keiner der anderen dabei erwischte. Natürlich kam Günther genau in dem Moment herein, als ich im Handstand an der Wand lehnte. Er leuchtete mir mit der Taschenlampe ins Gesicht. „Karl? Was ist denn *hier* los?" Er brach in Gelächter aus, das nahtlos in ein angsteinflößendes Husten überging. Er musste sich am Türrahmen abstützen. „Ist es mal wieder so weit, dass du am Rad drehst?", fragte er. „Quatsch", sagte ich und stieß mich möglichst sachte von der staubigen Wand ab, um ihm nicht noch mehr Anlass zum Spotten zu bieten. Ich landete tatsächlich halbwegs elegant auf meinem linken Fuß und konnte mich dann mit der Prothese rechts abstützen. Das war das erste Mal, dass mir das gelang, seit ich diese Übung in mein Programm aufgenommen hatte. „Mal ernsthaft", sagte Günther, „was wird das hier?" – „Ich mache einfach da weiter, wo sie in der Therapie mit uns aufgehört haben", sagte ich. „Ich war mal ein sportlicher Mensch, da will ich wieder hin." Günther schüttelte den Kopf. „Ach Karl, mach dir doch nichts vor, wir sind Krüppel, wir bleiben Krüppel." – „Ich kann gar nicht glauben", sagte ich, „dass das von dir kommt: du kannst mir doch nicht erzählen, dass deine Hand ganz von alleine wieder so gut geworden ist." – „Ja klar", sagte Günther, „irgendwie mache ich es auch so, wie sie es im Krankenhaus gesagt haben. Ich benutze die Hand einfach, so gut es geht. Aber von dem ganzen Übungsquatsch halte ich nichts. Das hat mir nichts gebracht." – „Weißt du doch gar nicht", sagte ich. „Doch, das merkt man doch", sagte Günther. „Naja", sagte ich, „mir hat sowas immer gut getan." – „Klar", sagte Günther, „du sitzt ja auch die ganze Zeit nur rum bei der Arbeit." – „Na komm", sagte ich, „ist jetzt auch nicht so, als würdest du dich beim LKW-Fahren die ganze Zeit bewegen." – „Das stimmt", sagte Günther, „aber LKW fahren, das mache ich auch erst seit die anderen Sachen nicht mehr gehen. Ist schließlich schon mein dritter Beruf. Erst unter Tage, dann als die Zeche dichtgemacht hat, haben sie mir die Umschulung zum Schweißer bezahlt. Und erst als das nicht mehr ging, wegen der Lunge, habe ich angefangen mit LKW-Fahren. Manchmal ärgere ich mich noch, dass ich da erst so spät drauf gekommen bin. Jetzt ist die Lunge schon im Arsch, da ist nix mehr zu machen. Aber als das mit der Hand kam, dachte ich, nee, so nicht, das Fahren lasse ich mir nicht auch noch nehmen. Und du siehst ja, wie gut das klappt, mit der ganzen Elektronik, die für einen arbeitet." – „Ja", sagte ich, „manche Sachen sind tatsächlich besser als früher." Günther nickte bedächtig, so als hätte ich da etwas sehr Tiefgründiges gesagt.

„Komm", sagte er „lass uns essen, du bist doch gar nicht wirklich krank."
Es war tatsächlich schon unser letzter Abend vor der Rückreise, da konnte ich schwer nein sagen. Ich hielt mich dieses Mal aber zurück mit dem Raki, während die drei anderen es sichtlich darauf anlegten, dass irgendwann gar nichts mehr ging. Als sie sich immer öfter in den Armen lagen und Fußballlieder grölten und mir reihum mit saurem Atem Geheimnisse anvertrauen wollten, verabschiedete ich mich doch wieder. Ich lag noch lange wach auf meinem Feldbett, sah meinem kondensierenden Atem zu und lauschte abwechselnd dem Gegröle und dem Rauschen der Nacht.

18.

Am nächsten Morgen trank ich noch einen Abschiedskaffee mit Kemal, der von dem Gelage des Vorabends wie immer wenig angefasst schien. Wir wärmten uns an der letzten Glut im Grill. Um uns her lag wieder dichter Nebel. Mehmet war noch nachts nach Hause gefahren, was ihm vermutlich nur dank der vielen Assistenzsysteme in seiner Limousine gelungen war. Ich hoffte, dass er unterwegs niemanden überfahren hatte, ohne es auch nur zu merken. Günther ließ wie immer auf sich warten. Als er sich endlich zeigte, sah er zerstört aus, ein vorgealterter, hustender und fluchender Mann, der kaum seinen Kaffee herunterbekam. Wir warteten noch, bis sich der Nebel ein wenig gelichtet hatte, dann umarmten wir Kemal zum Abschied und machten uns auf den Rückweg nach Istanbul. Jetzt war Günther der, der schweigend aus dem Fenster starrte, während in mir beim Blick auf das Schwarze Meer die Erinnerungen an die griechischen Sagen zurückkehrten, deren Nacherzählungen ich als Kind wieder und wieder gelesen hatte. Ich erzählte Günther von den Argonauten, dem Goldenen Vlies, Jason und Medea, alles, was sich an dieser damals noch so wilden, den Griechen fremden Küste abgespielt haben sollte. Günther grunzte nur ab und zu; ich war mir nicht einmal sicher, ob er wahrnahm, dass ich redete. Erst als ich auch noch von der Sintflut-Theorie anfing, nach der sich das Becken des Schwarzen Meeres erst gefüllt haben soll, als schon Menschen darin lebten, horchte Günther auf. „Du meinst, es stimmt vielleicht doch alles, was in der Bibel steht", fragte er. „So einfach ist es auch wieder nicht", sagte ich. Da erlahmte sein Interesse schon wieder.

Bald musste ich mich wieder ganz aufs Fahren konzentrieren. Je näher wir dem Istanbuler Stadtzentrum kamen, desto dichter und abenteuerlicher wurde der Verkehr. Ich lieferte Günther bei seinem Sattelzug ab. Er kümmerte sich um die erneute Beladung des Auflegers und bereitete die Rückfahrt vor, während ich das Auto zurückgab und dann wieder mit dem Taxi zurück ins Industriegebiet fuhr. Der Istanbuler Taxifahrer war ähnlich skeptisch wie sein Wiener Kollege eine Woche zuvor, was ich als offensichtlicher Tourist an einem solchen Ort wollte. Er hätte mich lieber zu einer der Sehenswürdigkeiten gefahren, und weder sein Englisch noch mein Türkisch reichten aus, um ihm den Sachverhalt zu erklären. Als ich ausgestiegen war, blieb er mit laufendem Motor hinter mir stehen. Ich betätigte die Klingel neben dem Rolltor, das die Zufahrt zum Betrieb regelte. Ich betrachtete die Stellen, wo über kleine Risse im türkisen Lack Wasser eingedrungen war und der Rost sich unter der Farbe hindurchgefressen und den Lack von seinem Untergrund abgehoben hatte. Je länger niemand antwortete, desto bohrender spürte ich den Blick des Taxifahrers in meinem Rücken. Irgendwann reichte es mir; ich drehte mich um und versuchte ihn mit Gesten dazu zu bringen wegzufahren – vergeblich. Da schepperte endlich eine unverständliche Stimme durch die Gegensprechanlage. Ich winkte der Kamera über dem Tor zu und erklärte auf Englisch, dass ich zu einem Mister Gauthier gehöre, der seinen Sattelzug bei ihnen stehen habe. „One moment, please", kam es aus der Gegensprechanlage. Es folgte erneut ein langes Schweigen, und immer noch stand das Taxi da, und der Fahrer wandte seinen

Blick nicht von mir ab. Dann bewegte sich plötzlich ohne weitere Ankündigung das Tor. Ich winkte dem Taxifahrer zum Abschied übertrieben freundlich zu und verschwand in den Hof, lange bevor das Tor seinen Endposition erreicht hatte. Günthers Sattelzug stand schon abfahrbereit in der Sonne in der Mitte des Hofs. Günther kam mir von den Büros her entgegen. „Na endlich", rief er, „steig ein, wir haben noch ordentlich Strecke vor uns." Das Elend seines morgendlichen Katers schien vollkommen von ihm abgefallen. Als verleihe allein die Aussicht wieder auf seinem „Bock" zu sitzen ihm neue Kräfte. Mich dagegen bedrückte die Vorstellung, nun wieder tagelang mit ihm in der kleinen Kabine eingezwängt zu sein und ihn schief seine Country- und Western-Songs mitsummen und -singen zu hören. Aber nichts würde mich daran hindern, Sylvia meine Reise als großartige Erfahrung zu beschreiben. Und tatsächlich: obwohl die Art und Weise, in der wir unterwegs waren kaum dem ähnelte, was ich mir bis dahin unter einer gelungenen Reise vorgestellt hatte, war es das Unterwegssein an sich, das mich mit einer seltsamen Grundzufriedenheit erfüllte, die wohl in etwa dem entsprach, was Günther in Anlehnung an die Texte seiner Lieblingslieder die „große Freiheit" auf der Straße nannte. Und so sehr mich auch zwischendurch die Langeweile gequält hatte, merkte ich doch, dass ich ihr einen Entschluss verdankte: ich wollte nicht mehr zurück in mein altes Leben; vor allem wollte ich nicht mehr für diese Firma arbeiten, in der alle so taten, als würde es sie vollkommen erfüllen, einen Auftrag nach dem anderen zu akquirieren, um ihn dann mit möglichst wenig Aufwand und entsprechend großer Gewinnspanne so schnell wie möglich und parallel zu drei anderen abzuarbeiten.

19.

Günthers Zeitplan für die Rückfahrt war deutlich straffer. Wir mussten so viele Kilometer am Tag machen, wie der Fahrtenschreiber gerade noch zuließ. Mir war das recht, mein Bedarf an unkonventionellem Tourismus war gedeckt. Ich wollte nach Hause und mein Leben neu ordnen. Sobald wir uns Istanbul genähert hatten, hatte auch mein Telefon wieder Empfang, und neben besorgten Nachrichten von Sylvia und Nachfragen von Nina, wo denn meine abendlichen Videoanrufe blieben, waren auch mehrere Anfragen aus der Firma eingegangen, ob ich nicht während meines Urlaubs die ein oder andere kleine Aufgabe erledigen könne. Doch, dafür war dieser eigenwillige Trip gut gewesen, um mir klar zu werden, dass ich das nicht mehr wollte.

Wir rollten und rollten. Und während Günther dabei immer vergnügter wurde und vollkommen unermüdlich erschien, versetzte mich das endlose Starren auf den Asphalt vor uns und die gesichtslosen Landschaften zu beiden Seiten der Autobahn immer öfter in eine Art mürrische Trance. Günther nahm von meiner Schweigsamkeit wenig Notiz, zwischenzeitlich schien er ganz zu vergessen, dass ich neben ihm saß. Er plauderte munter mit anderen Fahrern über die Freisprechanlage oder sang seine Musik mit. Er konnte aber auch einfach nur stundenlang mit einer Art Buddha-Lächeln durch die Öde fahren, unberührt von allen weltlichen Fährnissen - während ich oft einschlief, wenn es einmal still in der Kabine war, und nur der riesige Motor unter uns vibrierte. Abends war ich glücklich, Ninas Gesicht auf dem Bildschirm zu sehen. Sie berichtete stolz von ihrer Eins im Bodenturnen und dass sie diesmal auch in der Prüfung den Handstandüberschlag geschafft habe. Als ich ihr erzählte, wie ich in ihrem Alter nicht mal die Rolle vorwärts sauber hinbekommen hatte, lachte sie so vergnügt, dass auch ich nicht anders konnte. Ich zögerte die Gute-Nacht-Gespräche von nun an jedes Mal hinaus, bis

Sylvia einschritt. Dann musste ich mich wieder in Günthers nächtliches Sägekonzert fügen.

20.

Je weiter donauaufwärts wir kamen, desto tiefer wurde der Novemberhimmel wieder. Besonders als wir durch den Teil Österreichs kamen, der in seiner Flachheit so gar nicht ins Alpenrepublik-Klischee passen will, schienen die Wolken fast den Boden zu berühren. In den Bergen fing es dann an zu regnen und zu regnen. Die eintönigen Bewegungen des riesigen Scheibenwischers, die entgegenkommenden Lichter, die sich in den Tropfen brachen, die Tropfen selbst, die, vom Fahrtwind getrieben, seitlich an der Scheibe entlangkrochen, führten mich wieder zurück zu den Nächten auf dem Rücksitz des elterlichen Autos; wie damals nickte ich immer wieder ein und hoffte dabei, dass es Günther nicht genauso erging. Aber nichts ließ darauf schließen, dass auch seine Konzentration nachließ. Oft, wenn ich von meinen kurzen Schläfchen hochschreckte, sah er mich amüsiert an. „Karl", sagte er irgendwann, „egal, was du noch so im Leben machst, Brummifahrer solltest du nicht werden." Ich stimmte zu: „Du hast recht, Günther, ich bewundere sehr, wie lange du dich auf die Straße konzentrieren kannst. Ich würde mir auch keinen Vierzigtonner anvertrauen." – „Tja", sagte Günther, „die Dinger machen zwar wirklich viel von alleine mittlerweile, aber gucken musst du trotzdem noch." – „Es stimmt aber auch", sagte ich, „dass ich meinen jetzigen Job nicht länger machen will." Günther konnte die Augen in dem dichten Verkehr um uns her nicht von der Straße nehmen, aber ich sah, wie er die Stirn runzelte. „Dabei dachte ich, der sei so toll, dein Job. Als du damals schon vom Krankenbett wieder angefangen hast, zu arbeiten, da dachte ich: Mensch, dem ist sein Job echt wichtig." – „Vielleicht war er das mal", sagte ich, „aber seit dem Unfall fühle ich mich überhaupt nicht mehr wohl dort. Ich glaube sogar, die warten nur darauf, dass ich gehe, obwohl sie immer das

Gegenteil behaupten. Aber mit einer Behinderung werden sie dich ja auch nicht so einfach los." – „Bei mir haben sich alle gefreut, als ich wiederkam", sagte Günther. „Fahrer gibt es immer zu wenige, und nicht auf jeden kann man sich so verlassen wie auf mich." Ich fand seinen Stolz rührend. „Und was willst du stattdessen machen", wollte Günther wissen. „Wenn ich das wüsste", sagte ich. „Was kannst du denn", fragte er. „Naja, ich kann gut schreiben, Vorträge halten, Verhandlungen führen, Gespräche moderieren...". Ich sah Günther an, dass er das nicht für Können im engeren Sinne hielt. Er machte trotzdem Vorschläge: Politiker, Fernsehmoderator, Versicherungsmakler...ich bedankte mich artig und wechselte das Thema. Was denn eigentlich seine Söhne machten, die seien doch beide schon raus aus der Schule. Günther erzählte, dass sein Älterer, Badrag, bei einer Versicherung angefangen habe. Der habe schon als kleiner Junge immer davon gesprochen, dass er einmal richtig viel Geld verdienen und ein großes Auto fahren wolle, keinen Lastwagen, wie Papa, sondern so einen richtigen Schlitten. Richtig viel Geld verdiene er als Azubi noch nicht, trotzdem fahre Badrag dank irgendwelcher fragwürdigen Kredite schon jetzt ein größeres Auto als sein Vater. Und Isko, der Jüngere, habe ja dieses Jahr erst seinen Realschulabschluss gemacht und habe dann eigentlich auf dem Berufskolleg weitermachen wollen, sich dort aber nie angemeldet. Eigentlich habe Isko auch nichts anderes als Taekwondo im Sinn, gehe vier, fünf Mal die Woche zum Training, sei fast jedes Wochenende bei irgendeinem Turnier, und trainiere dabei immer noch Kinder und Jungendliche. Trotz der Sorge um die wirtschaftliche Zukunft seines Jüngsten, die in seiner Erzählung mitschwang, schien Günther Isko zu bevorzugen. Mit leuchtenden Augen zeigte er mir ein kurzes Video von einem ungeschützten, wahrscheinlich illegalen Kampf, in dem Isko, die langen schwarzen Haare zu einem Dutt geknotet, mit dem gleichen heiteren Lächeln, wie ich es bei Günther am Steuer beobachtet hatte, seinen viel

massigeren Gegner nach weniger als einer Minute mit einem hohen Tritt wie einen Baum fällte.
Die Fahrt über den Balkan, das ungarische Tiefland, die österreichischen Berge, die ganze geschichtsträchtige Strecke entlang der Donau, die mich auf dem Hinweg noch mit ehrfürchtigen Vorstellungen vom Anfang und Ende des Mittelalters erfüllt hatte, mit Bildern der Entscheidungsschlachten, die sich dort über so viele Jahrhunderte und noch bis zum zweiten Weltkrieg abgespielt hatten – auf der Rückfahrt erschien sie mir nur als eine schier endlose Reihe von Kilometern, die es abzureißen galt. Erleichtert las ich bei Passau den von europäischen Sternen umringten Gruß: „Willkommen in der Bundesrepublik Deutschland". Eine Nacht noch neben Günther in der Koje, dann würde ich endlich wieder in meinem Bett schlafen. Vielleicht würde Nina nachts herüberkommen, aber die schlich sich immer ganz vorsichtig an; das rührte mich jedes Mal so, dass ich gleich wieder einschlief, kaum, dass ich ihren Kinderatem sich neben mir beruhigen spürte.

21.

Bei Aschaffenburg schlugen wir unser letztes Nachtlager auf. Endlich wieder Bockwurst mit Pommes für 12 Euro minus der 50 Cent Rabatt auf den Klo-Schein. Ich wollte auch noch die kostenpflichtige Dusche benutzen, um nicht völlig versifft zu Hause anzukommen. Günther fand das rausgeschmissenes Geld so kurz vor unserer Rückkehr. „Saya nimmt mich auch so", sagte er und grinste herausfordernd. Ich ging nicht darauf ein, nahm mir mein Handtuch und öffnete mit dem Chip, den ich mir an der Kasse hatte kaufen müssen, die Tür zur Dusche. Neben der Dusche befand sich auch noch ein Waschbecken im Raum hinter der verriegelbaren Tür und daneben hing ein Kondomautomat an der Wand, mit dem gleichen fragwürdigen Sortiment wie am Eingang der Toiletten. Ich versuchte, trotzdem keine Gedanken daran aufkommen zu lassen, zu welchen anderen als Reinigungszwecken diese Dusche genutzt wurde. Immerhin war sie neuerer Bauart und bis auf ein kleines Schamhaar-Konglomerat im Abfluss relativ sauber. Einen Duschhocker gab es leider nicht; ich war genötigt mich an der Wand abzustützen, um das Gleichgewicht zu halten. Trotz dieser unbequemen Pose konnte ich gar nicht genug von dem heißen Strahl bekommen. Ich kam erst wieder darunter hervor, als ich krebsrot angelaufen war. Zum Abtrocknen stützte ich mich an dem eckigen Waschbecken ab und geriet dabei immer wieder an die Lichtschranke, die den Strahl aus dem Wasserhahn auslöste. Auch die Prothese wieder anzulegen dauerte ohne Sitzmöglichkeit länger als gewöhnlich. Aber als ich endlich sauber und mit der letzten frischen Unterhose und dem einzigen Hemd am Leib hinaustrat, fühlte ich mich königlich. Ich verließ das grell beleuchtete Raststättengebäude und trat hinaus in die feuchte Novembernacht. Ich brauchte einen Augenblick, um mich an die Dunkelheit zu gewöhnen. Es wehte ein schneidender Wind, der alle Blätter, die sich am Boden noch nicht ausreichend mit Feuchtigkeit vollgesogen hatten, in die Ecken drängte, wo sie zu raschelnden Haufen anwuchsen. An der gerade erst wieder zunehmenden Mondsichel zogen Wolkenfetzen vorüber. Und etwas lag da, etwas Großes, Gefallenes, kein Blätterhaufen, sondern etwas Schweres, Dichtes. Es lag reglos mitten auf der Durchfahrt zwischen den LKW-Parkbuchten. Ich sah mich um, sah weder Günther noch irgendeinen anderen Menschen auf dem Parkplatz. In der Kabine unseres Schleppers brannte Licht, aber es saß niemand darin. Ich rief nach Günther, aber es blieb still. Im Näherkommen erkannte ich in dem massigen Umriss auf dem Asphalt eine menschliche Gestalt – Günther. Er lag halb auf der rechten Seite, fast so, wie ich die stabile Seitenlage aus dem Führerschein-Erste-Hilfe-Kurs in Erinnerung hatte. Der linke Arm, der noch in seiner unförmigen Winterjacke steckte, lag wie zum Schutz über seinem Kopf. Der Jackenärmel war an mehreren Stellen aufgeplatzt, und die Watte quoll heraus. „Günther", rief ich noch einmal, als ich schon ganz nah bei ihm war. Er antwortete nicht, aber ich sah, dass er zitterte. Ich beugte mich zu ihm und hob vorsichtig den Arm von seinem Gesicht: seine Augen schienen zusammengekniffen, er blutete an der Stirn, aus der Nase, aus dem Mund. „Günther, hörst du mich?", rief ich. „Die Huaine… die Huaine", kam es undeutlich aus seinem grotesk geschwollenen Mund. Ich brauchte einen Augenblick, um zu verstehen, dass er ‚Schweine' sagen wollte. Wie damals bei Nina, als sie sprechen lernte, ging es mir durch den Kopf, Bume für Blume, Necke für Schnecke. Ich legte Günther die Hand auf die Schulter und sagte. „Ich bin da, Günther, ich hole Hilfe." – „Die Huaine, die Huaine", kam es von ihm zurück. Ich wählte die 112, erklärte, dass ein Mann überfallen und schwer verletzt worden sei, beschrieb die Raststätte und wartete brav, wie ich es einmal gelernt hatte, auf Rückfragen. Die freundliche Stimme am anderen Ende wollte wissen, ob der Täter noch vor Ort sei. Ich sah mich erschrocken um. Auf die Idee, dass es mir gleich noch genauso ergehen könnte wie Günther, war ich gar nicht gekommen. Der Parkplatz lag weiter still da. „Ich glaube nicht", sagte ich. „Bleiben Sie bei dem Verletzten", sagte der Mann am Telefon, „wir schicken Ihnen Hilfe."

Die Polizei traf als erstes ein, sie hielten so, dass Günther und ich von den Scheinwerfern angeleuchtet wurden. Ich fühlte mich wie ein geblendetes Reh kurz vor dem Aufprall. Eine Polizistin und ein Polizist stiegen aus; mit gezückten Waffen sahen sie sich um. Obwohl ich nie besonders gerne Polizeiserien geschaut habe, kam mir die Szene medial vertraut vor. Der Polizist suchte mit einer Taschenlampe den näheren Umkreis ab, leuchtete in die Parkbuchten, in denen sich die Lastwagen reihten, und auch unter die Lastwagen, während die Polizistin sich uns vorsichtig näherte. „Haben Sie uns gerufen", fragte sie. „Ja", antwortete ich, „Frantek mein Name, ich habe angerufen." Sie schien sich etwas zu entspannen und kam noch näher. „Sind sie verletzt", fragte sie. „Ich nicht, aber mein Freund hier." Sie beugte sich zu Günther, der nur noch ab und zu stöhnte, aber keine erkennbaren Worte mehr von sich gab. Als sie Günthers Gesicht sah, schreckte sie kaum merklich zurück. „Der Notarzt kommt gleich", sagte sie, „haben Sie den Täter gesehen."- „Nein", sagte ich, „er lag hier, als ich aus der Dusche kam. Ich glaube aber, dass es mehrere waren, weil er immer wieder „die Schweine" gerufen hat, als ich zu ihm kam" – „Kennen Sie sich denn?" – „Ja, wir sind zusammen unterwegs, in dem LKW hier neben uns." Sie musterte mich, in meinem sauberen, fast noch gebügelten Hemd, in meiner teuren Marken-Winterjacke, in der seltsam anmutenden Pose, zu der meine Prothese mich zwang, dann sah sie zu Günther in seiner zerfetzten Jacke und seinen No Name-Jogginghosen, und sagte nur: „Aha, und wie heißt ihr Freund?" – „Günther Gauthier." – „Wie, Gotjeh?" – „Ja, so ungefähr." Sie notierte sich unsere Namen auf einem Block. Dabei hielt sie den Stift so wie Nina: das Endglied ihres Zeigefinger durchgedrückt, und auch ihre Schrift war eine Mädchenschrift. Sie konnte kaum älter als zwanzig sein. Ein weiteres Martinshorn ertönte, noch während wir gemeinsam versuchten, Günthers semistabile Seitenlage zu verbessern. Diesmal war es der Rettungswagen, der neben dem Polizeiauto hielt und die Durchfahrt für andere Fahrzeuge versperrte. Aus dem Rettungswagen stiegen zwei ebenfalls noch sehr junge Frauen aus, schulterten ihre riesigen Rucksäcke und Geräte und baten die Polizistin und mich Platz zu machen. Sie sprachen Günther an, tasteten ihn ab, legten ihn vorsichtig auf den Rücken, öffneten seine Jacke und brachten verschiedene Kabel an ihm an. Es fing an, rhythmisch zu piepen, wie im Fernsehen, allerdings ziemlich schnell, fand ich. Sie hängten ihm einen Tropf an. Erst jetzt, da ich nichts mehr zu tun hatte, fiel mir auf, wie verschmiert meine Hände und die Manschetten meines Hemds von Günthers Blut waren. Auch vorne auf der Hose hatte ich mehrere Flecken. Ich bekam auf einmal Angst, dass jemand mich als Täter verdächtigen könnte. Ein weiterer Wagen traf mit Blaulicht ein. Noch eine junge Frau stieg auf der Beifahrerseite aus.

Der Fahrer, ein ziemlich beleibter älterer Mann, blieb zunächst sitzen. Ich hoffte für Günther, dass er mitbekam, wie viele junge Damen sich um ihn bemühten. Die Neueingetroffene stellte sich als Notärztin vor. Wie die anderen trug sie die Haare zum Pferdeschwanz gebunden, aber statt Piercings trug sie nur eine einzelne Perle im Ohr. Die Polizisten packten mit an, um den stöhnenden Günther auf die Trage zu hieven. Die Jacken der Frauen leuchteten im Scheinwerferlicht auf, als sie ihn in den Rettungswagen schoben. Der dicke Mann war mittlerweile ausgestiegen, kam zu mir und befragte mich zu Günthers Krankengeschichte und Angehörigen. Ich erzählte ihm, was ich wusste. Auch die Polizistin machte sich Notizen, sie wollte Günthers und Sayas Festnetznummer wissen, und in welchem Verhältnis Günther und ich genau standen. Ich erzählte knapp aber wahrheitsgemäß, was uns zu dieser gemeinsamen Reise veranlasst hatte. Ihr Blick blieb misstrauisch. Hinter den Milchglasscheiben des Krankenwagens schienen mir die Bewegungen hektisch zu werden. Der dicke Fahrer des Notarztwagens watschelte los und verschwand hinter dem Rettungswagen. Nach wenigen Minuten kam er zurück. Er sagte: „Ihr Freund ist so schwer verletzt, dass es besser ist, wenn der Hubschrauber kommt und ihn nach Frankfurt in die Unfallklinik fliegt. Die kleinen Krankenhäuser hier im Umkreis sind mit sowas überfordert." Er zückte sein Telefon, wandte sich von uns ab und forderte den Hubschrauber nach. Die Polizisten kümmerten sich um die Absicherung des Landeplatzes. Erst als die Feuerwehr übernahm und mit mehreren Löschzügen anrückte, um den Parkplatz abzuriegeln und auszuleuchten, sahen sie nach unserer Fracht. Ich folgte ihnen. An der Laderampe fanden sie ein paar Kratzer, die von Stemmeisen herrühren konnten, aber offenbar hatten die Räuber ihren Einbruchsversuch nicht mehr fortgeführt, nachdem sie Günther verprügelt hatten. Für mich interessierte sich niemand mehr. Ich fror auf einmal sehr. Ich gab der telefonierenden Polizistin mit einem Handzeichen zu verstehen, dass ich zum

Raststättengebäude gehen wolle, um mich zu waschen; sie nickte genervt. Ich lief zitternd hinüber zu dem Gebäude. Der Verkaufsraum war zum Glück leer. Die Frau an der Kasse war so damit beschäftigt, nach dem Blaulicht draußen zu spähen, dass sie nicht bemerkte, wie ich blutverschmiert an ihr vorbei zu den Toiletten hastete. Ich hatte kein Kleingeld mehr in der Tasche, deswegen stieg ich über die Absperrung und hoffte, dass keine Kamera mich dabei filmte, und dass kein Alarm losgehen würde. Nichts geschah, als ich drüben war. Ich sah mich im Spiegel und erschrak. Offenbar hatte ich mir in der ganzen Aufregung auch unbewusst ins Gesicht gefasst, denn an meiner linken Wange und an meiner Stirn hatte ich Streifen getrockneten Bluts. Kaltes Wasser, hat meine Mutter immer gesagt, kaltes Wasser, ist das Einzige, was gegen Blutflecken hilft, bloß keine Seife. Ich stellte den Wasserhahn also auf ganz kalt und wusch mich, so gut es ging, immer hoffend, dass niemand anderes die Toiletten beträte, während große Mengen von mit Blutschlieren durchzogenem Wasser durch das Waschbecken flossen. Irgendwann war ich zwar klatschnass, aber tatsächlich einigermaßen sauber, ganz ohne Seife. Als ich nach draußen trat, fror ich erst recht. So schnell es mir meine weichen Knie erlaubten, kehrte ich wieder an den Ort des Geschehens zurück, an dem es mittlerweile vor Rettungskräften wimmelte. Ein junger Feuerwehrmann hielt mich an und fragte mich, wo ich hinwolle. Ich musste es ihm sehr umständlich und mit klappernden Zähnen erklären, bis er mich zu unserem Sattelzug durchließ. Ich stieg ein, schloss die Tür hinter mir und drehte die Standheizung auf. Es dauerte eine ganze Weile, bis ich aufhörte zu zittern. Die Scheiben beschlugen von innen, die Szene draußen wurde immer schemenhafter. Meine Lider wurden schwer. Ich lehnte den Kopf von innen an die Fensterscheibe. Erst das Donnern des nahenden Hubschraubers weckte mich wieder auf. Die Stelle seitlich an meinem Kopf, mit der ich mich gegen die Scheibe gelehnt hatte, fühlte sich eiskalt an, während der Rest meines Körpers in der stickigen Standheizungsluft zu schwitzen begonnen hatte. Mittlerweile hatte die Feuerwehr mit Scheinwerfern den anvisierten Landeplatz auf dem PKW-Parkplatz ausgeleuchtet; die Autos, die dort noch gestanden hatten, als ich mich zurückgezogen hatte, waren verschwunden. Ich blieb in der Kabine sitzen, während der Rotor des Hubschraubers einen apokalyptischen Laubsturm hervorrief. Von unten hatte der herabschwebende Bauch des Hubschraubers mit seinen Strahlern etwas Außerirdisches. Ich war fast erleichtert, dass die Wesen, die ihm entstiegen und die den fest verschnürten, schon an mehreren Schläuchen hängenden Günther einluden, trotz der kugelförmigen Helme und reflektierenden Overalls sehr menschlich aussahen. Erst als der Hubschrauber wieder abgehoben hatte, und der Rotorlärm langsam abnahm, löste sich auch das stroboskopische Geflacker aus Blaulicht und Halogenstrahlern am Boden allmählich auf. Ein Einsatzfahrzeug nach dem anderen drehte ab. Niemand fragte mehr nach mir. Ich rief Saya zuhause an, und hoffte, dass die Polizei sie vor mir erreicht hatte. Ich wollte kein Überbringer schlechter Nachrichten sein. Sie nahm sofort ab, und ihre Stimme war noch leiser als sonst. „Karl?", fragte sie. Da wusste ich schon, dass sie informiert war. „Es tut mir sehr leid, was passiert ist", sagte ich. „Warst du dabei", fragte sie. „Als ich kam, war schon alles vorbei", sagte ich. „Wer tut so etwas?", fragte sie. „Es waren wahrscheinlich Diebe", sagte ich, „die die Fracht stehlen wollten; und Günther hat sie dabei erwischt." – „Wie sah er aus, als du ihn gefunden hast?" – „Er hatte eine Platzwunde am Kopf; deswegen sah es wahrscheinlich schlimmer aus, als es ist." – „Aber wenn es nicht so schlimm ist, warum haben sie ihn dann mit dem Hubschrauber nach Frankfurt geflogen?" Sie fing an zu schluchzen. „Er hat noch mit mir gesprochen", sagte ich, „er war richtig wütend. Die Schweine, hat er gesagt. Dein Günther ist zäh, der wird schon wieder." „Wo bist du, Karl?" – „Ich bin immer noch auf dem Rastplatz bei Günthers LKW." – „Und wie kommst du da weg?" – „Ich werde hier übernachten. Morgen früh finde ich schon einen Weg, um hier wegzukommen." – „Pass auf dich auf" - „Du brauchst dir um mich nicht auch noch Sorgen machen", sagte ich. „Ich fahre morgen früh gleich mit dem ersten Zug nach Frankfurt", sagte sie. „Ich werde auch kommen", sagte ich.

Als wir aufgelegt hatten, war es auf einmal sehr still auf dem Rastplatz. Mir wurde bewusst, dass ich in der beleuchteten Kabine für alle weithin sichtbar war, während ich kaum etwas von dem sehen konnte, was sich draußen in der Dunkelheit abspielte. Wer auch immer Günther so brutal verprügelt hatte, wartete vielleicht da draußen auf die nächste Gelegenheit. Ich löschte das Licht und verriegelte die Kabine von innen. Sollten sie doch die Fracht stehlen, ich würde sie nicht mit meinem Leben und dem, was mir noch an Gesundheit geblieben war, verteidigen. Über dem Armaturenbrett war ein Aufkleber mit einer 24-Stunden-Notfallnummer von Günthers Firma angebracht. Ich wählte die Nummer. Es dauerte sehr lange, bis jemand sich meldete, jemand der hörbar schon geschlafen hatte. Ich erzählte, was passiert war. Die Stimme am anderen Ende fluchte in einer mir unbekannten Sprache und sagte, dass am nächsten Morgen jemand kommen werde, um sich um den Sattelzug zu kümmern. Für meinen Verbleib interessierte er sich nicht. Ich kroch in meine Koje, aber der Schlaf wollte nicht kommen. Immer, wenn ich doch einmal wegnickte, schreckte mich im nächsten Moment irgendein geträumtes oder wirkliches Geräusch auf. Mehrfach war ich mir sicher, dass jemand um den Sattelzug schlich. Ich wischte immer wieder das Kondenswasser von der Scheibe und spähte hinaus, sah aber nie jemanden. Erst als hell wurde, musste ich doch noch eingeschlafen sein.

22.

Ich wachte auf, als jemand gegen die Fahrertür pochte. So wütend, wie es klang, musste er es schon länger getan haben. Ich schälte mich aus meinem Schlafsack und ließ das Fenster ein

Stück herunter. Unter mir sah ich eine Halbglatze, die von fettigen, nach hinten gekämmten Strähnen umrahmt wurde. Das Gesicht, das zu mir heraufsah, war zerfurcht und von einem hufeisenförmigen Schnauzbart in zwei Hälften geteilt. Es erinnerte mich an das von Lemmy Kilmister, der damals noch lebte. Die raue Stimme ließ ebenfalls auf einen ähnlichen Lebenswandel, wie er dem berühmten Sänger nachgesagt wurde, schließen. Nur der südwestdeutsch gefärbte Tonfall wollte nicht recht dazu passen. Der Mann stellte sich als Joe vor, was er wie Dschoh aussprach. Er sei gekommen, um Günthers Gespann nach Duisburg zu bringen. Ich schnallte schnell meine Prothese an, zog mir Pullover, Hose und Jacke über und stopfte meinen Schlafsack, und was sich sonst noch von mir in der Kabine befand, in meinen Rucksack. Joe wartete rauchend vor der Kabine, als ich ausstieg. „An die Ware sind sie nicht drangekommen", sagte Joe, „der Günther muss sie aufgescheucht haben, bevor sie loslegen konnten." „Ich habe mir heute nacht ziemliche Sorgen gemacht, dass sie nochmal wiederkommen", sagte ich. „Die versuchen es selten zweimal", sagte Joe, „ willst du mit nach Duisburg?" „Eigentlich schon, aber ich will erst in Frankfurt nach Günther sehen, bevor ich heimfahre", antwortete ich. „Und weißt du, wie du da hinkommst, nach Frankfurt?", fragte Joe. „Das wollte ich jetzt herausfinden", sagte ich. „Dann zeige ich dir jetzt, wie", sagte Joe. Er winkte einem Mann mit militärischem Kurzhaarschnitt und einem Fliegerblouson aus Leder, der gerade mit einigen Einkäufen aus dem Raststätten-Geschäft die Treppe herunterkam. „Manni", rief Joe, „ich habe noch einen Passagier für die Rückfahrt für dich." Manni schaute zu uns, kniff die Augen zusammen, nickte angedeutet und bog zunächst zu seinem Auto ab, wo er die Einkäufe deponierte. Dann gesellte er sich zu uns. Sein Händedruck war sehr schmerzhaft. Joe stellte uns vor: „Manni und – wie war dein Name nochmal?" – „Karl", antwortete ich. „Also Manni, das ist Karl, der will zu Günther nach Frankfurt, Händchen halten." Manni sagte nichts,

sondern zündete sich eine Zigarette an. Ich sah die drei tätowierten Punkte auf seiner Hand, die auf eine Knastkarriere schließen ließen, und er sah, dass ich sie sah. Ich versuchte mir meinen Zweifel, ob ich wirklich zu ihm ins Auto steigen sollte, nicht anmerken zu lassen. Gut, dass Sylvia nicht hier ist, dachte ich. Auf dem Rastplatz war kaum etwas los. Die Sonne hatte es noch nicht geschafft, den Frühnebel aufzulösen, aber es versprach, ein klarer Spätherbst-Tag zu werden. „Manni war so freundlich mich in aller Frühe aus Frankfurt hierher zu bringen", erklärte mir Joe, dann wandte er sich wieder Manni zu: „Wärst du auch so freundlich, den Karl hier mit nach Frankfurt zurückzunehmen?" „Kommt drauf an", sagte Manni leise. „Worauf?", fragte Joe. „Ob der Karl hier mit so einem wie mir mitfahren will", antwortete Manni. „Was soll das heißen, mit so einem wie dir?" – „Das musst du Karl fragen." Joe wandte sich wieder mir zu: „Karl?" Ich suchte nach den passenden Worten. „Ich würde mich freuen, wenn ich mit dir mitfahren dürfte, Manni", brachte ich schließlich heraus. „Na, dann komm", sagte Manni.
Mannis Auto war ein alter Kastenwagen mit nur zwei Sitzen. Die Ladefläche lag, soweit das durch die dreckigen Scheiben erkennbar war, voller Werkzeug, Schraubenkästen, Maler- und Putzutensilien. An beiden Flanken warb Manfred Geseke für Hausmeisterarbeiten, Entrümpelung und Reinigung. „Arbeitest du allein oder hast du noch Angestellte?", fragte ich als wir vor dem Auto standen. „Ist ein Kleingewerbe", sagte Manni, „was bleibt mir anderes übrig; mich stellt ja keiner mehr ein." Ich nickte mit zusammengepressten Lippen, war mir unsicher welche Reaktion er erwartete. Manni sagte nichts mehr, sondern stieg ein und ließ den alten Diesel vorglühen. Ich ging um das Auto herum zur Beifahrertür. Gerade als ich hinter dem Auspuff angekommen war, ließ Manni den Motor an, und eine bläuliche Abgaswolke hüllte mich ein. Ich vermutete Absicht von Mannis Seite. Ich zögerte noch einmal, ob ich mir nicht doch lieber ein Taxi rufen sollte, dann stieg ich ein.

Der Innenraum war lange nicht gesäubert worden. Es roch nach Chemikalien und altem Rauch. Ich versuchte es nochmal mit einem Gespräch: „Arbeitest du häufiger für Günthers Firma?", fragte ich Manni beim Ausparken. „Nein", antwortete er, „ich bin nur ein Freund von Joe, und er hat mich um einen Gefallen gebeten. Und nur weil ich dir jetzt einen Gefallen tue, musst du dich nicht gezwungen fühlen, mit mir zu reden." „Ich wollte mich nicht aufdrängen", sagte ich. „Schon gut", sagte er und schob eine selbst beschriftete Kassette in das uralte Autoradio. Ab da wäre ohnehin keine Unterhaltung mehr möglich gewesen. Hinten im Auto war ein Extra-Subwoofer eingebaut, und der Neunzigerjahre-Billig-Techno, der etwas leiernd von der Kassette kam, ließ uns bei jedem Baßton in unseren Sitzen hüpfen. Die Fahrt nach Frankfurt erschien mir ewig. Ich traute mich nicht, Manni zu bitten die Musik leiser zu machen. Auch das Fenster traute ich mich nicht zu öffnen, obwohl Manni sich eine Zigarette nach der nächsten ansteckte. Als er mich am Haupteingang der Unfallklinik aussteigen ließ, war ich halb taub und völlig benebelt. Ich brauchte ein paar unsichere Schritte, bis ich mit meinem großen Rucksack auf dem Rücken das Gleichgewicht wiederfand. Ich blieb einen Augenblick an eine der Säulen der Eingangsüberdachung gelehnt stehen. Das Gebäude verursachte einen plötzlichen Widerwillen in mir. Zu sehr erinnerte seine wuchtige Architektur an die Bochumer Unfallklinik, in der ich so viele bittere Monate verbracht hatte. Aber ich war Günther immer noch ein bisschen Beistand schuldig. Also überwand ich meinen Widerwillen, ging hinein und fragte an der Rezeption nach Günther. Er lag auf einer Intensivstation. Es war kurz nach Mittag. Besuchszeit war erst am Nachmittag. Die Unfallklinik lag außerhalb der Innenstadt zwischen Seckbach und Preungesheim. Nachdem ich meine Situation erklärt hatte, war die mütterliche Dame an der Rezeption bereit, meinen Rucksack in die Gepäckaufbewahrung zu nehmen, damit ich noch einen Abstecher in die Stadt unternehmen konnte.

Ich lief hinüber zum Hauptfriedhof und ein Stück entlang seiner einschüchternd sich streckenden Mauer, und nahm von dort aus die U-Bahn bis zur Konstablerwache. Seit wir aus Istanbul aufgebrochen waren, hatte ich mich keinen so großen Menschenansammlungen mehr ausgesetzt gesehen. Wie viele andere senkte ich den Blick und vergrub mein Gesicht im Kragen meiner Jacke. Das Vorweihnachtsgeschäft war schon in vollem Gange; die mickrigen Straßenbäume bogen sich unter den Lichterketten. An der Zeil hingen riesige beleuchtete Schneeflocken an quer über die Straße gespannten Kabeln. Ich stellte mir das Desaster auf der Straße vor, wenn eines dieser Kabel gekappt würde, oder einfach aufgrund von Materialermüdung aus seiner Verankerung riss. Was für ein Tod, aufgespießt von den Zacken einer Riesenschneeflocke! Plötzlich erschien es mir sicherer, am Rand unter den Überdachungen der Geschäfte entlang zu laufen. Wie jedes Mal in Frankfurt staunte ich über den für eine deutsche Stadt ungewöhnlich scharfen Kontrast zwischen Oben und Unten, zwischen denen, die von den Bürotürmen auf die Stadt hinabsahen, und jenen, die nur die Schluchten zwischen den Türmen kannten, zwischen denen, die die nötige Ausstattung besaßen, aus den vorbeiziehenden globalen Finanzströmen die eine oder andere Kelle für den Eigenbedarf abzuschöpfen, und jenen die nur durstig an der steilen Uferböschung saßen und den glitzernden Fluss vorbeiziehen sahen. Die vielen modisch und teuer gekleideten schlanken strahlenden Menschen waren immer wieder gezwungen, einen Bogen zu machen um Geschöpfe, deren Körperform und oft auch Geschlecht unter vielen Lagen Lumpen und fettigen langen Haaren kaum auszumachen waren, die ihren aus dem Müll gefischten Hausrat mal in Sackkarren hinter sich her zogen, mal in entwendeten Einkaufswagen vor sich her schoben. Dabei kannte ich die Stadt nur von Geschäftsterminen in austauschbaren Büroräumen, die manchmal noch in Ausflügen in eine der Apfelwein-Kneipen in Sachsenhausen geendet hatten. Ich stellte mir vor, wie

anders musste die Stadt einst ausgesehen haben musste, als
Goethe seine Jugend dort verbrachte, als später Schopenhauer
mit seinem Pudel durch ihre Gassen flanierte, oder als sich Gesandte aus allen Teilen Deutschlands in der Paulskirche einfanden.
Ich lief bis zum Römer und spürte dabei die Rückschritte, die
ich auf der Reise gemacht hatte, weil ich so viel gesessen und
mein Sportprogramm vernachlässigt hatte. Die Buden für den
Weihnachtsmarkt waren schon aufgebaut, aber noch verrammelt. Sie bildeten einen seltsamen Kontrast zu der allgemeinen
Beleuchtungswut, so hingeduckt und dunkel, wie eine Schar
Gefangener, die von allen Seiten mit Fackeln bedrängt wurden. Aber heller als alle LED-Lichter brannte jetzt wieder das
Feuer in meinem Stumpf. Wenigstens Novalgin hätte ich geschluckt, um es ein bisschen zu dämpfen, aber ich hatte meine
Tabletten im Rucksack im Krankenhaus gelassen. Mit zusammengebissenen Zähnen humpelte ich zur nächsten U-Bahnstation. Ich hatte mich so langsam bewegt, dass es ohnehin schon
Zeit wurde zurückzukehren, um noch rechtzeitig zum Beginn
der Besuchszeit am Krankenhaus zu sein. Im Sitzen in der
warmen Bahn ließ der Schmerz schon wieder etwas nach.
Während der Fahrt suchte ich nach einer günstigen Verbindung, um noch am Abend nach Bochum zurückzukehren.
Wenn mein Plan aufging, konnte ich fast zwei Stunden bei
Günther bleiben und danach laut Fahrplan mit einmal Umsteigen um 21.54 in Bochum sein. Ich schrieb Sylvia eine Nachricht mit der Bitte mich dort abzuholen. Es kam nur ein knappes ‚Ok' zurück.

23.

Günther ähnelte auf erschreckende Weise dem, was frühe Filmemacher aus dem künstlich geschaffenen Dämon gemacht
hatten, den seine Erfinderin Mary Shelley noch als ein seltsam
attraktives Wesen beschrieben hatte. Günthers ganzes Gesicht

war violett und schwarz, und zur Unkenntlichkeit geschwollen, sodass ich mich auf dem Namensschild am Bettende vergewissern musste, dass er es auch wirklich war. Über seine Stirn und linke Wange zogen zwei lange Nähte, in seinem linken Nasenloch steckte ein blutgetränkter Wulst, an seinen zum Platzen dicken Lippen klebten braune Krusten, und unter seiner Bettdecke kam links ein dicker Schlauch hervor, der an einen blubbernden Kasten aus durchsichtigem Plastik angeschlossen war, in dem sich Blut gesammelt hatte. Das kannte ich noch gut von meinem Unfall damals. Dieser Schlauch zwischen den Rippen, eine sogenannte Thoraxdrainage, war das Schlimmste gewesen, in den ersten Tagen. Bei jedem Atemzug hatte ich das Gefühl gehabt, jemand ramme mir ein Messer zwischen die Rippen. Und was für eine Befreiung es gewesen war, als mich nach einigen Tagen der Assistenzarzt auf der Intensivstation aufgefordert hatte zu husten, und dabei den Schlauch aus meiner Brust gezogen hatte. Ich sehe noch heute den wabbeligen Blutkoagel vor mir, der noch an der Schlauchspitze hing. Im nächsten Moment schon hatte der Arzt das Loch in meiner Brust mit einem Faden verschlossen, der zu diesem Zweck schon in meiner Haut gelegen hatte. Damit nicht gleich wieder Luft dort eingesogen wird, wo sie nicht hingehört, hatte mir der Arzt erklärt. Diese Prozedur stand Günther wohl auch bald bevor. Aus einem weiteren Schlauch, der unter der Bettdecke hervorkam, floss Urin ab, nicht gelb sondern rotbraun, wahrscheinlich auch von Blut. Immerhin: Günther war wach, er atmete selbst unter einer Sauerstoffmaske und obwohl seine Augen unter den geschwollenen Lidern nur als Schlitze zu sehen waren, erkannte er mich sofort. „Karl, Mensch, du feiner Kerl", krächzte er, „gut, dass du kommst. Und heil bist du geblieben. Ich hatte schon Sorge, dass sie dich auch noch vermöbelt haben." Es tut mir leid, dass ich so lange unter der Dusche war, wollte ich sagen, vielleicht hätte ich es sonst verhindern können, wollte ich sagen. Stattdessen sagte ich nur: „Reicht schon, wie sie dich zugerichtet haben." - „Du hättest mal sehen sollen, wie ich *die* zugerichtet habe." Günthers Versuch, über seinen eigenen abgedroschenen Witz zu lachen, endete in einer Schmerzgrimasse. Ich spähte auf die Fieberkurve, die auf einem Beistelltisch an seinem Bett lag – ein paar der Abkürzungen hatte ich mir noch gemerkt aus den vielen Wochen im Krankenhaus: SHT stand für Schädel-Hirn-Trauma, hatte ich damals auch gehabt, aber nur erstgradig, bei Günther stand zweitgradig mit kleiner ICB – die Abkürzung musste ich nachschlagen; sie stand für intrakranielle Blutung; das klang nicht gut; trotzdem schien mir Günther ziemlich klar im Kopf zu sein. Weiter ging es ohne Abkürzungen einmal von oben nach unten: Jochbeinfraktur links, Nasenbeinfraktur, Mandibulafraktur links, Rippenserienfraktur links, Hämatothorax links, Milzhämatom – sie mussten immer weiter auf ihn eingetreten haben, als er schon so am Boden lag, wie ich ihn gefunden hatte. „Unter uns Günther, hast du wieder die Nummer mit: ich renne brüllend auf die zu, dann hauen sie schon ab, abgezogen?" - „Klappt halt nicht immer". Unter den Schwellungen in seinem Gesicht deutete sich ein Grinsen an. „Aber sag das keinem, hinterher lässt die BG das doch nicht als Arbeitsunfall gelten." – „In Sachen Klappe halten hast du noch was gut bei mir", sagte ich. Ich spürte seine Freude darüber, dass ich nicht vergessen hatte, was er für mich getan hatte. Ich erzählte ihm, wie es mir ergangen war, nachdem sie ihn abgeholt hatten. „Ausgerechnet Joe, der alte Sprücheklopfer" brachte er dazu heraus, „hoffentlich hat er seine Sitzerhöhung mitgebracht." Als ich von Manni erzählte, deutete er ein Kopfschütteln an: „Ja, Joe hat viele interessante Freunde." Ich erzählte noch weiter, merkte aber wie Günther immer schläfriger wurde und mir offensichtlich nicht mehr folgte. Ich blieb noch eine Weile schweigend an seinem Bett sitzen. Bevor er richtig einschlief, nahm ich noch einmal vorsichtig seine rechte Hand, in der noch ein Infusionszugang steckte, in meine beiden Hände und drückte sie vorsichtig. „Bis bald, Günther", sagte ich, „Saya ist auf dem Weg hierher. Ich fahre heute abend mit dem Zug nach Bochum. Ich komme dich besuchen, sobald du zuhause bist." – „Meinst du, die lassen mich hier noch mal raus?" Seine Stimme klang plötzlich ängstlich. „Klar", sagte ich, „was du hast, ist alles nicht lebensbedrohlich, soweit ich das beurteilen kann". „Tut einfach nur scheiße weh", sagte Günther. „Ich sage Bescheid, dass sie dir noch was geben, gegen die Schmerzen", sagte ich.

Mit dem schweren Rucksack zog ich es diesmal vor, ein Taxi zum Hauptbahnhof zu nehmen. Die Zeiten für lange Märsche mit schwerem Gepäck waren wohl endgültig vorbei. Ich war erleichtert, als ich mich endlich in den weichen Sitz im ICE sinken lassen konnte. Der Zug war auffallend leer. Der Platz neben mir blieb frei. Das gedämpfte Licht im Großraumabteil, die Dunkelheit, der Regen vor dem Fenster und die nachlassende Anspannung führten dazu, dass ich, obwohl sich der Sitz nur minimal nach hinten stellen ließ, bald sehr tief einschlief. Ich erwachte in Hagen mit einem schiefen Hals und einem Speichelfaden, der meinen rechten Mundwinkel mit meinem Pullover verband. Mir war schwindlig. Keiner der umliegenden Sitze war belegt; offenbar hatte mir niemand beim Schlafen und Sabbern zugesehen. Ich tastete vorsichtshalber nach meinem Telefon und meinem Portemonnaie. Alles an seinem Platz; auch mein Rucksack steckte noch in der Gepäckablage über mir. Seit dem Überfall auf Günther fühlte ich mich nicht mehr so sicher in Deutschland. Ich sah auf die Anzeige draußen auf dem leeren Bahnsteig. Der Zug, in dem ich saß, hatte demnach über zwanzig Minuten Verspätung. Ich schrieb Sylvia, dass ich in etwa zwanzig Minuten in Bochum sein würde. Trotz der Verspätung hielt der Zug noch lange in Hagen. Ich vertiefte mich in das Skelett aus grünen Stahlbögen, die die Überdachung trugen. Wie der Bauch eines gekenterten Schiffs sah dieses Dach aus. Als es gebaut worden war, hatte das Industriezeitalter in voller Blüte gestanden, und Hagen war ein stolzer Exponent dieser Zeit gewesen. Heute versuchte man mit diesen Überresten Touristen anzulocken. Aber wer wollte sich schon das Elend ansehen, das unter diesen herrschaftlichen Bögen herumschlich? Die Stadttauben mit ihrem untrüglichen Gespür für alles Denkmalgeschützte bedeckten auch diesen Ort allen martialischen Abwehrmaßnahmen zum Trotz mit ihren Exkrementen. Endlich fuhr der Zug weiter. Die Verspätung war mittlerweile auf bald dreißig Minuten angewachsen. Sylvia stand mit Schal und Mütze und Handschuhen - und trotzdem sichtbar frierend - am Bahnsteig. Sie gab mir einen verhuschten Kuss auf die Wange zur Begrüßung und fragte mich, ob sie mir etwas abnehmen solle. Als ich verneinte, ging sie zügig voran, sodass ich mit meinem schweren Rucksack Probleme hatte, hinterherzukommen. „Komm", rief sie, „mir ist kalt." Das Parkhaus lag am Hinterausgang des Bahnhofs, dort wo die Grüppchen von Obdachlosen in der Kälte näher zusammenrückten. Es war der erste richtige Wintertag, schneidend kalt und klar.

Nina war schon im Bett gewesen, als Sylvia mich abholen gefahren war, aber als sie uns kommen hörte, kam sie noch einmal aus ihrem Zimmer. Geblendet von den hellen Strahlern an den Wohnzimmerwänden kniff sie die Augen zusammen. Ihren Schlafanzug zierte ein Bild aus irgendeiner mir unbekannten Zeichentrickserie. Ein wütendes Kind mit Stachelfrisur war darauf zu sehen. Es reckte im Rennen seine Faust dem Betrachter entgegen. Das Bild stand damit in deutlichem Kontrast zu Ninas schüchterner Körperhaltung. Als ich mich aber herunterbeugte und meine Arme öffnete, kam sie mir doch entgegengerannt. „Papa", rief sie im Heranstürmen. Noch während ich sie in die Arme schloss, merkte ich, dass ihr Schwung zu viel für meinen immer noch eingeschränkten Gleichgewichtssinn war. Ich versuchte noch einen Ausfallschritt nach hinten zu machen, aber schon saß ich auf dem Hintern und Nina auf mir. Ich hatte mir ziemlich wehgetan, versuchte aber trotzdem die Peinlichkeit der Situation mit Lachen abzumildern. Ich sah Sylvias besorgtes Gesicht. „Alles noch dran", sagte ich zu ihr und vergrub dann mein Gesicht in Ninas Haaren und sog in tiefen Zügen ihren wunderbaren Kinder-Schlafgeruch ein. „Geh jetzt mal wieder ins Bett, Nina", sagte Sylvia, „ich komme gleich und gebe dir noch einen Gute-Nacht-Kuss." Nina gehorchte. Sylvia half mir auf. Mein Steißbein schmerzte. Ich zog es vor, den Salat, den Sylvia mir übriggelassen hatte, im Stehen, an die Küchenzeile gelehnt, zu essen. Sylvia kam aus dem Kinderzimmer zurück und setzte Teewasser auf. „Soll ich dir einen mitmachen?", fragte sie. „Nein danke", sagte ich. Das anschwellende Rauschen des Wasserkochers machte eine weitere Unterhaltung unmöglich. Ich stocherte in meinem Salat, Sylvia räumte die letzten Reste des Abendessens weg. Als sich der Wasserkocher endlich mit einem erlösenden Klick abschaltete, schwiegen wir trotzdem noch etwas weiter, bis sich unsere Blicke trafen. „Und", fragte sie, „wie war dein Urlaub?" „Günther liegt in Frankfurt im Krankenhaus", sagte ich. „Lass mich raten – Herzinfarkt?" - „Er wurde überfallen und verprügelt" - „Von wem?" - „Von irgendwelchen Leuten, die seinen LKW ausrauben wollten." - „Das ist ja schrecklich. Und wo warst du?" - „Unter der Dusche." - „Gerade habe ich noch gedacht, dass du genau da hingehörst." - „Tja. Mein Plan war eigentlich gewesen, wie aus dem Ei gepellt hier anzukommen. Hat leider nicht so funktioniert." - „Entschuldigung. Es tut mir leid, was euch passiert ist. Wie geht es Günther? Ist er schlimm verletzt?"- „Nicht lebensgefährlich, aber er hat schon ordentlich was abbekommen. Als ich zu ihm kam, lag er noch auf der Intensivstation." - „Wer macht denn sowas?" - „Ich gehe jetzt duschen." - „Mach das. Aber schlaf dann bitte im Gästezimmer. Ich muss morgen früh raus. Gute Nacht." Sie verschwand mit ihrem Tee im Schlafzimmer.

Teil 3

1.

Wir erfuhren nie, wer Günther so zugesetzt hatte. Die Polizei stellte die Ermittlungen angesichts mangelnder Erfolgsaussichten bald ein. Günther erholte sich nur langsam von seinen Verletzungen. Vor allem seine Lunge machte ihm noch richtige Probleme. Da hatte er schon vorher nicht mehr viele Reserven gehabt. Und weil er wegen der gebrochenen Rippen nicht richtig durchatmen konnte, bekam er noch eine Lungenentzündung. So in etwa erklärte es mir Saya. Er musste wohl doch noch an die Beatmungsmaschine und brauchte lange, um davon loszukommen. Damit er trotz der Beatmung wach bleiben konnte, hatten sie ihm ein Loch in die Luftröhre gebohrt, durch das der Beatmungsschlauch lief. Irgendwann war er so weit, dass sie ihn nach Gelsenkirchen verlegen konnten, und irgendwann war er sogar so weit, dass sie das Loch in seinem Hals wieder verschließen konnten. Als ich ihn wiedertraf, hatte er bestimmt dreißig Kilo Gewicht verloren und sah um zehn Jahre gealtert aus. Er blieb ab da der ausgezehrte Riese, von dem ich schließlich Abschied nehmen musste. Auf seinen Schlepper kehrte er auch nicht mehr zurück. Dieser zweite Schlag binnen eines Jahres war zu viel gewesen. Seine Hand war wieder schlimmer geworden, und er hatte gerade noch genug Luft, um zu Fuß zur Trinkhalle an der Ecke zu kommen. Sogar die Rentenkasse sah jetzt ein, dass dieser Mann dem Arbeitsmarkt nicht mehr ernsthaft zur Verfügung stand und entließ ihn in den vorzeitigen Ruhestand. Zu seiner Verabschiedung schenkte ihm seine Firma ein originalgetreues Modell des Sattelzugs, mit dem er Europa in allen Richtungen durchkreuzt hatte. Der stand fortan von unten angeleuchtet neben Sayas Bildbänden über die Philippinen im Wohnzimmerregal. Außerdem gab es noch Karten für den Starlight-Express. Günther schickte mir nach dem Besuch in Bochum ein Bild von sich im Anzug, der ihm nach dem ungewollten

Gewichtsverlust viel zu weit geworden war, und Saya im blauen Abendkleid. Beide strahlten auf dem Bild. Es war das erste Mal seit vielen Jahren, dass sie gemeinsam ausgegangen waren. Saya hatte sich extra einen Tag Urlaub genommen. Badrag glaubte, seinem Vater eine Freude zu machen, indem er ihm einen kleinen Mischlingsrüden von einem Urlaub auf den Philippinen mitbrachte. Vielleicht wollte er auch einfach nur seine Frau besänftigen, die den Hund am Strand aufgegabelt hatte und ihn unbedingt mit nach Hause nehmen wollten. Jedenfalls war Badrag offenbar nicht klar, wie wenig belastbar Günther noch war. Das arme Tier, das sein Leben lang hatte frei herumstreunen dürfen, musste sich nun meistens mit den winzigen Ausflügen zur Trinkhalle begnügen, wenn sich nicht noch Saya seiner erbarmte und nach einer ihrer aufreibenden Schichten im Altenheim mit ihm losging.

Als der Besitzer der Trinkhalle, Ivo, eines Tages erzählte, dass er sich zur Ruhe setzen wolle, aber niemanden finde, der ihm die Trinkhalle abkaufen wolle, erwachten Günthers Lebensgeister wieder. Nicht nur, weil damit der Nachschub an Alkohol und Zigaretten gefährdet schien. Er fand sich plötzlich doch zu jung, um als Frührentner in der Wohnung zu sitzen und darauf zu warten, dass Saya nach Hause kam, oder einer seiner Söhne ihn besuchte, was selten genug vorkam. Er signalisierte Ivo sein Interesse an einer Übernahme der Trinkhalle. Saya war skeptisch, und ihre gemeinsamen Ersparnisse reichten auch nicht, um die Ablösung zu zahlen, die Ivo vorschwebte. Es begannen zähe Verhandlungen, von denen mir Günther während unserer gelegentlichen Telefonate erzählte. Schließlich beschloss ich, Günther das fehlende Geld zu leihen. Sylvia war erbost darüber, aber nachdem ich es einmal ausgesprochen hatte, war ich nicht mehr bereit, mein Angebot zurückzunehmen. Und Günther nahm es nach einigem Zögern an. Nach dem, was Ivo ihm vorgerechnet hatte, konnte er das Geld binnen drei Jahren zurückzahlen. Tatsächlich wurden es fast fünf. Aber für Günther blieb es eine Ehrensache, dass er mir ab da jedes Jahr um Weihnachten herum einen prall mit Bargeld gefüllten Umschlag überreichte, der immer so viel enthielt, wie er in der Lage gewesen war binnen eines Jahres zu sparen, ohne seinen insgesamt bescheidenen Lebenswandel noch weiter einzuschränken. Das meiste gab er immer noch für Bier und Schnaps und Zigaretten aus, obwohl er die nun zum Großmarktpreis bekam. Ich betonte immer wieder, dass ich das Geld nicht dringend zurück brauche, aber Günther machte dann jedes Mal ein gekränktes Gesicht.

2.

Die Trinkhalle lief gut. Auch wenn einige von Ivos Stammkunden wegblieben, sprach sich doch herum, was für ein umgänglicher Mensch Günther war. Er hörte zu, gab Ratschläge, schrieb auch mal an, wenn sich jemand respektvoll genug an ihn wandte, und sein Hund ließ sich von allen Kunden streicheln. Auch zu den Kindern, die ihr Taschengeld in Süßigkeiten anlegten, war Günther immer freundlich und legte eher noch eine saure Schnur oder einen Lolli oben drauf, als geizig nachzurechnen. Anfangs nahm ich Nina manchmal mit zu ihm. Sie war jedes Mal völlig verzaubert von den vielen Zeitschriften, besonders von denen für Kinder, an die noch irgendwelche fragwürdigen Spielzeuge angehängt waren. Natürlich schenkte ihr Günther jedes Mal eine davon. Damit blieben auch Sylvia unsere Besuche bei Günther nicht verborgen, und sie verbot mir direkt, Nina noch einmal dorthin mitzunehmen.
Drei Mädchen aus der Nachbarschaft, die regelmäßig kamen, erwirkten sich das Recht, den Hund, den Günther zur allgemeinen Belustigung nach dem Vorbesitzer Ivo getauft hatte, Gassi zu führen. Zum Glück war Ivo weggezogen, sonst hätte es vermutlich Ärger gegeben, denn der Hund ähnelte Ivo tatsächlich auf wenig schmeichelhafte Weise. Beide waren kleiner als die meisten ihrer Artgenossen im Umkreis, struppig

und von schnell erregbarem Gemüt, was oft und gerne kommentiert wurde.

3.

Auch ich machte nach dem bitteren Ende unserer gemeinsamen Fahrt nicht einfach so weiter wie zuvor. Seit dem Unfall hatte ich mich nicht mehr wohlgefühlt zwischen den vielen meiner mittlerweile oft deutlich jüngeren Kollegen, die sich zwar gegenseitig in Liebenswürdigkeit überboten, aber doch keine Gelegenheit ausließen, sich vor Lennart und Lasse auf Kosten nicht Anwesender zu profilieren. Ich spürte zwar, dass mir meine Behinderung einen etwas geschützteren Status verschaffte, aber es wurde doch erwartet, dass ich früher oder später an meine Leistung vor dem Unfall anknüpfen sollte. Auch Sylvia fand, dass ich mich nicht zu lange auf meiner Verletzung ausruhen solle, dass es doch auch für mich irgendwann noch einmal weiter nach oben gehen müsse. Ich schlug jedoch einen anderen Weg ein. Ohne jemandem davon zu erzählen, begann ich mich auf Stellen in der Stadtverwaltung zu bewerben. Der Tipp kam von Marcel, einem ehemaligen Kommilitonen, den ich vor der Umkleide wiedergetroffen hatte, in der sich unsere beiden Töchter nach dem Judo umzogen. Marcel hatte einige Jahre bei einem privaten Fernsehsender gearbeitet, bis das Gefühl, seine Geisteswissenschaftler-Ideale verraten zu haben, zu übermächtig wurde, wie er sagte. Auch sei der Job mit seinem Anspruch als Vater präsent zu sein, nicht vereinbar gewesen. Mittlerweile arbeitete er seit zwei Jahren beim Katasteramt. Nicht, dass der Job selbst ihn seinen Idealen nähergebracht hätte, aber es sei eben Verwaltung, genau wie man sie sich vorstelle. „Um Punkt sechzehn Uhr lasse ich den Stift fallen", sagte er, „okay, ich lasse ihn nicht fallen, denn das wäre Beschädigung öffentlichen Eigentums, und ich musste für jeden mir ausgehändigten Bürogegenstand eigens unterschreiben, dass ich sorgfältig damit umgehe. Ich stecke also den Stift in den ebenfalls von der Stadt finanzierten

Stifthalter und verabschiede mich von meinen Kollegen, die alle zur gleichen Zeit das Gleiche tun. Und ab da verschwende ich bis zum nächsten Morgen um neun keinen Gedanken mehr an die Arbeit, geschweige denn, dass ich mir was davon nach Hause nehme." Ich war fasziniert. Marcel schrieb nebenbei Rezensionen für eine neue Ruhrgebiets-Kulturzeitschrift, er kochte semiprofessionell und besuchte Tangokurse mit seiner Frau. Erst als ich anmerkte, dass zumindest letzteres für mich nicht mehr in Frage käme, schien er meine Behinderung zu bemerken. Detailliert wie noch niemand vor ihm fragte er mich dann nach dem Unfall und seinen Folgen aus. Am Ende fragte er mich, ob ich nicht Lust hätte, einem Kollegen von seiner Zeitschrift ein Interview zu geben, da gebe es so eine Rubrik über Menschen, die sich von einem Schicksalsschlag erholten. Das müsse ich mir erst noch überlegen, sagte ich ihm zum Abschied; wir tauschten unsere Telefonnummern aus. Nina verlor allerdings bald die Lust am Judo. Ich sah Marcel nicht wieder, und von dem Interview hörte ich auch nichts mehr, aber das Lebensmodell, das Marcel mir angepriesen hatte, erschien mir tatsächlich attraktiver als das, in das ich geraten war.

Ausgerechnet das Arbeitsamt schickte mir eine Zusage. Sylvia war völlig befremdet, als ich ihr abends, als Nina schon im Bett war, bei einem Glas Rotwein auf der Couch eröffnete, dass ich demnächst als Sachbearbeiter beim Arbeitsamt anfangen würde. Erst dachte sie, das sei ein Witz. Als sie begriff, dass es mir ernst war, schüttelte sie den Kopf. „Willst du dich wirklich dermaßen unter Wert verkaufen?" fragte sie, „es ist doch nur dein Bein... dein schlauer Kopf funktioniert doch wie eh und je, du musst nur etwas draus machen!" „Vielleicht will ich aber gar nichts draus machen", antwortete ich. „Ach Karl, lass dir doch von diesem Unfall nicht dein ganzes Leben diktieren." – „Wer sagt denn, dass mir der Unfall irgendwas diktiert. Er hat mich einfach nur zum Nachdenken gebracht."

– „Du musst es ja wissen." Mit dieser Floskel ging etwas zu Ende zwischen uns.

4.

Lennart reagierte mit ähnlichem Unverständnis, als ich ihm meine Kündigung überreichte. „Wir hätten doch über alles reden können", sagte er. Ich war erstaunt. Er wirkte ernsthaft betroffen. Ich hatte eine kaum verhohlene Erleichterung darüber erwartet, dass ich meinen Platz für jemand jüngeren, belastbareren, leistungsfähigeren räumen würde. Während ich mich um das Catering für meinen Abschiedsempfang kümmerte, versuchte ich mir vorzustellen, was in meinem Unternehmen das Äquivalent zu Günthers LKW-Modell sein konnte. Bei uns gab es nichts zum Anfassen außer Rechnern und Büromaterial, unsere Arbeit bestand aus nichts als Text, Tabellen, Grafiken. Vielleicht einen 3D-Druck des Firmenlogos, in das auf wenig originelle Weise ein Notenschlüssel, eine lachende und eine weinende Theatermaske und eine an Henry Moore erinnernde Skulptur eingearbeitet waren? Den würde ich mir jedenfalls nicht ins Wohnzimmer stellen. Am Ende wurden es Karten für die Bochumer Symphoniker, über die ich mich tatsächlich freute. Überhaupt lief der Abschied so, dass ich mich wirklich noch einmal fragte, ob ich da nicht eine dumme Entscheidung getroffen hatte. Alle waren auf einmal so nett, interessiert, und verständnisvoll. Manche zeigten echtes Bedauern, andere beglückwünschten mich oder schwelgten gar in der Vorstellung, selbst eines Tages kürzer zu treten. Meine Schreibtischnachbarin Ines half mir noch, die letzten Sachen hinunterzubringen, und ich war dankbar, denn der Sekt war nicht gut für mein Gleichgewicht gewesen. Die Zeiten, in denen ich mit der Straßenbahn hatte fahren müssen, waren zum Glück vorbei, wir hatten jetzt ein schickes Automatikauto. Als alles im Kofferraum verstaut war, umarmten Ines und ich uns neben der Parkbucht, von der mein

Nummernschild schon abmontiert war, und sie gab mir sogar zum ersten und letzten Mal einen Kuss auf die Wange zum Abschied.

Von meinem Abend mit Sylvia bei den Bochumer Symphonikern schickte ich Günther kein Bild. Sylvia gab sich keine Mühe, ihre Enttäuschung zu verbergen. Wir fuhren schweigend vom Musikforum nach Hause, wünschten uns förmlich gute Nacht, und jeder verschwand in sein Zimmer.

Mir machte mein neuer Job als Arbeitsvermittler wider Erwarten richtig Spaß. Nachdem ich in einer zweiwöchigen Schulung immer wieder ermahnt worden war, ja nicht zu sehr mit meinen ‚Kunden' zu sympathisieren, sondern sie mit sanftem aber bestimmten Druck aus ihrer ‚Komfortzone' zu drängen, nachdem ich weitere zwei Wochen dabei zuschauen durfte, wie eine meiner zukünftigen Kolleginnen diese Doktrin komplett verinnerlicht hatte und unabhängig davon, wer vor ihr saß, anwendete, stand mein Entschluss, auf alle guten Ratschläge zu pfeifen. Die meisten, die da fortan vor mir saßen, waren ohnehin so weit davon entfernt, jemals wieder einer regulären Arbeit nachzugehen, dass allen Beteiligten klar war, dass wir hier nur eine Parodie von Arbeitsvermittlung durchspielten; und ich nutzte die regelmäßigen Termine lieber dafür, diese geplagten Existenzen aus ihrem Leben erzählen zu lassen, statt sie noch weiter unter Druck zu setzen. Anfänglich hatte ich noch Sorge, dass ich deswegen früher oder später Ärger bekommen würde. Aber meine Vermittlungsquote unterschied sich nicht von der meiner Kollegen mit mehr pädagogischem Sendungsbewusstsein, und so ließ man mich in Ruhe. Meine neu gewonnene Freizeit nutzte ich, indem ich in unserem Garten neue Obstbäume hochzog, einen Fischteich und zwei Hochbeete anlegte, eins für Nina, eins für mich, wo wir Radieschen, Möhren und Bohnen zogen. Ich holzte die alte lebensfeindliche Thuja-Hecke ab und ersetzte sie durch eine aus Hasel. Ich schreinerte mit Nina einen Parcours für ihren Hamster, ich brachte ihr die Grundlagen des Schachspiels bei, ich begleitete sie zum Tanzen und zum Reiten, ich fuhr sie mit ihren Freundinnen mal ins Spaßbad, mal in eins der vielen Museen in den umliegenden Städten. Selbst Sylvia musste irgendwann gestehen, dass es uns als Familie so besser ging. Unsere Ehe rettete das trotzdem nicht. Sylvia blieb immer häufiger, immer länger bei der Arbeit, traf sich mit ‚Freundinnen', von denen vorher nie die Rede gewesen war, und ging mir, wo es ging, aus dem Weg. Es schien ihr im Allgemeinen egal zu sein, womit ich meine Zeit verbrachte, nur an meinen Besuchen bei Günther stieß sie sich nach wie vor, so als sei dessen Alkoholismus ansteckend, und die Gefahr groß, statt eines immerhin noch irgendwie nützlichen Versagers irgendwann nur noch ein dauerbetrunkenes Wrack zuhause sitzen zu haben. Dabei trank sie viel mehr als ich.

5.

Aber ein bisschen schlechtes Gewissen hatte ich auch. Weniger Günther, und schon gar nicht Sylvia gegenüber, aber Sayas wegen. Denn Günther, seit er direkt an der Quelle saß und auch zu wenig anderem mehr in der Lage war, rauchte und trank immer mehr, je weniger sein Körper den Giften entgegenhalten konnte. Jeder konnte zusehen, wie er sich langsam aufzehrte, er selbst auch. Das Sauerstoffgerät wurde sein ständiger Begleiter. Jeder Kunde kannte das Zischen des Kompressors, und alle wussten, dass sie mit dem Anstecken ihrer Zigaretten warten mussten, bis sie sich von Günthers Fenster entfernt hatten, um keine Verpuffung zu riskieren. Auch Günther selbst kam zum Rauchen immer raus und ließ das Gerät im Laden. Am Ende war immer eine Sehnsucht in seinen Augen: saß er drinnen, schielte er gierig nach den Zigaretten, die draußen an den beiden Stehtischen geraucht wurden, stand er selbst mit seiner Zigarette draußen, schielte er zum Sauerstoffgerät im Laden hinüber. Ob Saya ihn manchmal bat, das Rauchen aufzugeben, weiß ich nicht; in meiner Gegenwart hielt sie sich immer bedeckt. Ich glaube sie wollte Günther auf keinen Fall die Freude über meine Besuche verderben. Badrag hielt sich weniger zurück. Günther verdrehte immer die Augen, wenn er von dessen Besuchen erzählte, und wie sein Sohn immer versuche, ihn zu erziehen. Günther hätte es sicher vorgezogen, statt der Tiraden seines Erstgeborenen häufiger Iskos schweigsame Gegenwart zu genießen, aber der ließ sich nur selten bei seinen Eltern blicken, war immer viel zu beschäftigt, seinen Namen in der Kampfsportszene noch größer zu machen. Er wollte eine eigene Schule gründen, und wenn er nicht trainierte, dann malochte er auf dem Bau für das Startkapital.

Sieben Jahre. Solange hat Günther noch durchgehalten nach unserer gemeinsamen Fahrt damals. Nina ist jetzt fünfzehn. Sie schminkt sich, zum Glück fast genauso dezent wie ihre Mutter, verschwindet für Stunden im Badezimmer, und glättet sich ihre Locken mit einem Glätteisen. Von Hamstermöbeln und Hochbeeten will sie längst nichts mehr wissen. Wenn wir reden, dann am Essenstisch, bevor sie wieder in ihrem Zimmer verschwindet. Dessen Tür ist jetzt immer geschlossen. Meistens telefoniert sie dahinter mit Gero. Geros Eltern führen zusammen eine kieferorthopädische Praxis, zum Glück nicht die, zu der Nina geht. Wahrscheinlich sähen es seine Eltern gerne, wenn Gero später auch Kieferorthopäde würde. Sein Haus liegt fußläufig von unserem. Es wurde erst vor kurzem fertiggestellt, ineinander geschachtelte Betonwürfel mit viel Glas. Von den fußtiefen Fenstern aus kann man direkt auf die Ruhr hinuntersehen, hat Nina erzählt. Ich stand bisher nur im Flur, um Nina abzuholen. Allein, was da an der Garderobe hing, hätte vermutlich gereicht, um unser Auto zu finanzieren. Unnötig zu sagen: Sylvia scheint sehr einverstanden mit dieser Verbindung zu sein.

Manchmal klingelt Nina mich noch nachts aus dem Bett, weil ich sie von einer Party abholen soll. Ich habe ihr gesagt, dass sie das immer machen soll, ehe sie sich zu irgendeinem betrunkenen Idioten ins Auto setzt. Ich habe leider den

Eindruck, dass sie mich nur dann anruft, wenn sie keinen betrunkenen Idioten findet, zu dem sie ins Auto steigen kann. Aber vielleicht tue ich ihr damit Unrecht.
Jedenfalls scheint die Zeit zu Ende zu gehen, während der es mich erfüllte, für meine Tochter da zu sein. Die Lebensgeschichten, die ich jeden Tag im Job-Center aufgetischt bekomme, sind auch längst nicht mehr so spannend wie am Anfang. Auf die Dauer ähneln sie sich sehr. Und wer alles schuld ist an der Misere habe ich jetzt auch schon tausendmal gehört: die da oben, die Politiker, die Bosse, die Finanzhaie, die Ausländer, die Chinesen, die Amis, die Eltern.

6.

Und jetzt ist auch noch Günther tot. Günther, der an den Stehtischen seiner Trinkhalle vermutlich den gleichen Geschichten gelauscht hat wie ich an meinem Schreibtisch, nur noch verschärft im Ton, durch die eine oder andere zungelockernde Flasche Bier. Günther, der sie wahrscheinlich bestärkt hat in ihrer Wut: recht hast du, sag es ruhig laut, einer muss es ja mal sagen, wie wir von denen da oben verarscht werden. Aber auch für die zarteren Gefühle war er da: Liebeskummer, Trauerfälle, jeder, der zu Günther kam, fühlte sich gleich angenommen, verstanden, geschätzt. Wo sollen sie jetzt alle hingehen, die Traurigen, Gekränkten, Ungeliebten?

7.

„Was mache ich denn jetzt mit der Trinkhalle?", fragte mich Saya, während wir zusammen von der Trauerhalle zum Parkplatz liefen. Einen kurzen Augenblick fragte ich mich ernsthaft, ob ich nicht anbieten sollte, an Günthers Stelle dort weiterzumachen. Ich musste mir Mühe geben, nicht unpassend zu grinsen bei der Vorstellung, was Sylvia *dazu* sagen würde.
„Ich denke, es wird nicht schwierig, sie zu verkaufen", sagte ich, „jeder in der Gegend weiß, wie gut sie läuft." - „Aber es wissen auch alle, dass sie vor allem wegen Günther so gut

lief", sagte Saya. Wir waren an dem mittlerweile sehr alten Opel angekommen, mit dem Günther und ich uns damals auf den Weg gemacht hatten. Ich wollte mich schon verabschieden, da sagte Saya: „Warte, Karl!" Sie öffnete den Kofferraum. Da saß in einer Obstkiste in einem Nest aus Styroporflocken die Vitrine mit dem Sattelschlepper- Modell darin. Hinten schauten noch die Drähte für die Strahler heraus. „Günther wollte, dass du das bekommst", sagte Saya. „Wirklich?", fragte ich. Ich musste mich schon wieder zusammenreißen, um nicht zu grinsen bei der Vorstellung, wie sich das Ding in unserem Wohnzimmer machen würde. Da traf mein Blick auf Sayas braune Augen hinter den Brillengläsern, die viel zu groß für ihr kleines Gesicht erschienen. Ich sah die roten Ränder an ihren Augenlidern. Sie musste viel geweint haben. „Ich weiß nicht, ob du weißt", sagte sie, „wieviel Günther diese Reise damals mit dir bedeutet hat. Er hat noch so oft davon erzählt; gar nicht von dem Überfall, sondern von euren gemeinsamen Tagen davor, von eurem Freund in der Türkei, und davon, wie du ihn hinterher im Krankenhaus besucht hast. Der Karl, das ist ein *richtiger* Freund, hat er dann immer gesagt…" Sie brach ab, weil ihr die Tränen liefen. Ich hatte selbst einen Kloß im Hals, während ich ein Taschentuch aus meiner Jacke fingerte. „Hat er dir auch erzählt, dass wir uns kennengelernt haben, weil er mir das Leben gerettet hat?", fragte ich sie. Sie nahm das Taschentuch und schnäuzte sich sehr laut. „Nein", sagte sie, „dass hat er nie erzählt. Stimmt das denn wirklich?" – „Ja", sagte ich, „auch wenn ich lieber nicht erzähle, wie es dazu kam." Ich spürte die Scham wieder in mir aufsteigen, darüber, wie leichtfertig ich damals fast mein Leben beendet hätte, nur weil alles so wehtat. Ich starrte auf den Boden und spürte Sayas fragenden Blick auf mir. Noch bevor es richtig unangenehm wurde, sagte Saya: „Danke Karl, das hat mir sehr geholfen, und ich werde dich nicht mehr danach fragen." Wir umarmten uns zum Abschied. Es war das letzte Mal, dass wir uns sahen.

8.

Als ich ein paar Wochen später noch einmal an der Trinkhalle vorbeifuhr, sah ich, dass sie wieder geöffnet hatte. Der Lockdown war vorbei und passend dazu wurde es überall Frühling. Ich hielt an und war erstaunt, Isko hinter dem Schalter sitzen zu sehen. Wie immer sah er so aus, als sei er direkt einem Kampfsport-Film entstiegen, die dicken schwarzen Haare hinten am Kopf zu einem Dutt verknotet, die freien Oberarme tätowiert mit Schriftzeichen und Drachen, das Gesicht scheinbar frei von jeder Emotion. Und auch, was im Hintergrund auf seinem Laptop lief, sah wie ein verpixelter Siebzigerjahre-Kung-Fu-Film aus. Ich musste ihm sagen, wer ich war, bevor er mich erkannte. Ich fragte ihn, ob er die Trinkhalle von Günther geerbt hatte. Er verneinte, die Trinkhalle gehöre immer noch seiner Mutter. Ich fragte ihn nach seinem Plan, eine Kampfsportschule zu gründen. „Die gibt es schon", sagte er, „aber im Moment reicht es noch nicht, um davon zu leben. Deshalb helfe ich hier aus." – „Und wenn du trainierst?", fragte ich. „Ich habe noch ein paar Freunde, die auch hier arbeiten", sagte Isko. Ich sah zu den leeren Stehtischen hinüber, und fragte mich, wie Isko und seine Kampfsportfreunde sich mit den Stammgästen vertrugen. Ich erzählte Isko, wie stolz sein Vater mir damals das Video von seinem Kampf gezeigt hatte, und ich gestand ihm sogar, dass ich mir danach selbst noch weitere Videos von ihm angeschaut hatte, weil ich seine Art zu kämpfen wirklich ästhetisch fand. Bei der ersten Auskunft bildete ich mir noch ein, so etwas wie Freude über sein Gesicht huschen zu sehen, dann schien mir sein Ausdruck eher misstrauisch zu werden, obwohl sich eigentlich kaum etwas bewegte in seinem Gesicht. Mir dämmerte, dass sich mein Lob auch als Anmache verstehen ließ, und ich wurde rot. Ich verabschiedete mich schnell und bat ihn, Saya von mir zu grüßen. Er nickte, aber ich bezweifle, dass er meine Grüße ausgerichtet hat.

9.

In den Wochen nach Günthers Beerdigung versuchte ich immer wieder Kemal zu erreichen. In den ersten Jahren, nachdem wir ihn in der Türkei besucht hatten, hatte er sich jedes Mal, wenn er wieder in Deutschland war, bei Günther gemeldet. Oft hatten wir uns dann alle drei in einer Kneipe in Bochum getroffen, von deren Eingang aus man beim Rauchen auf das Krankenhaus sah, in dem wir gemeinsam gelitten hatten. Ich ging mit raus, auch wenn ich immer noch nicht rauchte. Auch drinnen hatten so viele Jahre Rauchverbot nicht ausgereicht, dass sich der typische Eckkneipengeruch verflüchtigt hätte. Es war eine der Kneipen, die ich ohne die beiden nie betreten hätte. Wir tranken Bier und Korn, spielten Skat wie damals, und einmal auch Dart. Obwohl ich der einzige war, der zwei gesunde Hände hatte, zogen mich die beiden derart ab, dass ich danach keine Lust mehr auf das Spiel hatte. Jedes Mal, wenn wir Kemal auf sein Haus ansprachen, und wie es denn vorangehe, wurde sein Blick düsterer. Es ging nicht gut voran. Er hatte Ärger mit Behörden und Handwerkern, das feuchte Klima setzte dem unfertigen Bau zu. Noch bevor das Dach fertiggestellt war, hatte ein Erdrutsch Teile des Grundstücks unter Geröll begraben und die schon fertigen Leitungen mit sich fortgerissen. Erst bei seinem letzten Besuch, etwa drei Jahre vor Günthers Tod, war Kemal auf einmal wieder guter Dinge. Das Dach stand, und auf einmal gingen die Arbeiten wieder gut voran. Kemal deutete an, dass sein Cousin Mehmet seine immer besser werdenden Beziehungen hatte spielen lassen, um ihm zu helfen; ich merkte, wie unangenehm ihm dieser Umstand war. Eigentlich rechneten wir schon damit, dass das nächste, was wir von Kemal hören würden, eine Einladung zur Einweihungsfeier sein würde. Jetzt waren drei Jahre vergangen, in denen Günther so sehr abgebaut hatte, dass an eine solche erneute Reise mit ihm nicht mehr zu denken gewesen wäre. Ich fragte Günther immer wieder, ob er etwas von Kemal gehört habe. Aber es kam nichts mehr. Trotzdem war es mir wichtig, Kemal von Günthers Tod zu benachrichtigen. Da die Mobilfunknummer nicht mehr zu stimmen schien, versuchte ich die Festnetznummer in Castrop-Rauxel, die mir Kemal damals bei unserem Abschied im Krankenhaus gegeben hatte. Kemals Frau meldete sich. Sie sprach nur gebrochen Deutsch. Als ich versuchte zu erklären, wer ich war und warum ich anrief, fing sie an zu weinen. Es dauerte etwas, bis ich die Geschichte, die sie erzählte, begriff. Offenbar hatte Kemal kurz vor der Fertigstellung des Hauses sein Gleichgewicht auf einer Leiter verloren und war so unglücklich gestürzt, dass er wenige Tage später im örtlichen Krankenhaus gestorben war. Das musste mindestens zwei Jahre her sein. Für mich fühlte es sich trotzdem so an, als sei ich auf einen Schlag der einzige Überlebende unserer Skatrunde. Ich fühlte mich plötzlich wieder sehr allein in dieser gnadenlosen Welt.

10.

Günther ist bislang der einzige Coronatote, den ich persönlich gekannt habe; und dabei muss man ihn wohl eher zu denen rechnen, die mit und nicht an Corona gestorben sind, wie es heißt. Vielleicht hätte er es ohne das Virus noch einmal aus dem Krankenhaus geschafft, aber spätestens beim nächsten oder übernächsten Mal hätte es ihn auch so erwischt. Seine Reserven waren aufgebraucht, dabei war er gerade erst 58 geworden. Nur dass er seine letzten Stunden auf einem Isolierzimmer verbringen musste, nachdem er sich offenbar erst im Krankenhaus angesteckt hatte, das war bitter. Dieser gesellige Mensch musste einsam zwischen vermummten fremden Gestalten sterben. Nicht einmal Saya konnte ihn mehr sehen, bevor sie ihm den Beatmungsschlauch in den Hals steckten. Wenigstens ist er schlafend erstickt. Ich hoffe, er hatte keine Angst mehr dabei. Er fehlt mir jetzt schon, obwohl wir uns seit unserer Reise nur selten gesehen haben, obwohl unsere Lebenswege so unterschiedlich waren wie unsere Interessen.

Aber zu wissen, dass es ihn gibt, dass er für mich einstehen würde wie ich für ihn, obwohl niemand das von uns erwartete, das hat mir immer gut getan.

11.

In den Tagen, nachdem ich mit Kemals Frau telefoniert hatte, verstärkte sich die Trauer, die ich seit Günthers Beerdigung empfunden hatte, noch einmal. Ich saß oft auf dem Sofa und starrte meine Prothese an oder schlich ziellos durchs Haus; ich vergaß zu essen und realisierte oft erst verspätet, wenn jemand mich ansprach. Bei der Arbeit passierten mir Fehler, die ich nicht von mir kannte. Eine Kollegin fragte mich, ob ich neue gesundheitliche Probleme hätte. „Nein, nur ein Trauerfall im Freundeskreis", sagte ich. Sylvia schien Ähnliches zu vermuten und fragte mich, ob ich aufgehört hätte, meine Medikamente einzunehmen. Sie beobachtete mich also doch noch, zumindest aus dem Augenwinkel, auch wenn sie nie den Eindruck machte, dass es sie interessierte, womit ich meine Zeit verbrachte. Erst da wurde mir bewusst, dass ich ihr gar nichts von Günthers Beerdigung, geschweige denn von der Nachricht von Kemals Tod erzählt hatte. Ich versuchte mich zu erinnern, wann es angefangen hatte, dass wir uns nur noch das Notwendigste erzählten, um den Familienhaushalt am Laufen zu halten: wer kauft ein? Wer kocht? Für Putzen und Wäsche war die Haushälterin zuständig. Den Garten hatte ich komplett übernommen. Sylvia kümmerte sich um unsere gemeinsamen Rechnungen. „Keine Sorge", sagte ich, „ich nehme die Medikamente genauso ein, wie der Arzt sie mir verschreibt. Ich trinke nicht heimlich, ich nehme auch keine Drogen. Ich bin einfach nur traurig, weil zwei alte Freunde gestorben sind." – „Wer?", fragte Sylvia erschrocken. „Kemal und Günther", antwortete ich. „Ach, die", sagte Sylvia.

12.

Bei einem Kontrolltermin in der BG-Sprechstunde im folgenden Herbst wäre ich auf dem Flur beinahe in Frau Kayser gelaufen, die Psychologin, die mich damals auf der Schmerzstation begleitet hatte. Trotz der Maske erkannte ich sie sofort, ihre freundlichen Augen, in die zu schauen ich mich nie lange genug getraut hatte, um zu entscheiden, ob sie braun oder grün oder beides waren, hatte ich nie ganz vergessen können. Sie schien gar nicht gealtert in den sieben Jahren. Wie ich war sie wohl gerade von draußen gekommen, denn sie trug noch einen pelzbesetzten Mantel und eine Wollmütze. Ich war verblüfft, dass auch sie mich erkannte und sogar noch meinen Namen wusste. „Herr Frantek, richtig?", fragte sie. „Ja, das stimmt, Sie beschämen mich mit ihrem guten Gedächtnis, Frau Kayser", sagte ich. „Na hören Sie mal, Sie wissen meinen Namen doch auch noch", sagte sie. „Ich sehe aber auch nicht hunderte wie Sie jeden Tag", sagte ich. „Es sind nicht hunderte am Tag, und es sind nicht alle so wie Sie, Herr Frantek." – „Sie wissen, was ich meine: Unfallopfer wie mich."– „Wissen Sie, die Unfälle, die interessieren mich am allerwenigsten. Ich weiß auch nicht mehr, ob Sie wegen einer Hand oder einem Fuß hier waren, ob Sie von der Leiter gefallen oder auf der Treppe umgeknickt sind. Aber ich weiß zum Beispiel noch, dass Sie gelernter Historiker sind und eine Tochter haben – stimmt das?" – „Ich ziehe meinen nicht vorhandenen Hut." – „Sehen Sie, darum liebe ich meine Arbeit, weil ich mich mit den Menschen hinter den Unfällen beschäftigen darf." – „Sind es denn am Ende nicht immer die gleichen Geschichten?" Ich dachte dabei an meine eigene Arbeit beim Arbeitsamt, und wie ich irgendwann das Interesse an den abschüssigen Biographien verloren hatte, die mir so austauschbar erschienen. „Nicht, wenn Sie die richtigen Fragen stellen", sagte sie und lächelte mich ermunternd an, bevor sie sich verabschiedete und auf ihre Station eilte.

Vielleicht ist es das. Vielleicht muss ich wirklich anfangen, andere Fragen zu stellen.

Ende

Milton Keynes UK
Ingram Content Group UK Ltd.
UKHW041943131124
451149UK00005B/468